Die schöne Prophetin

Die *schöne* Prophetin

Ein Roman aus der
Zeit König Davids

benno

Bibliografische Information der Deutschen Nationalbibliothek
Die Deutsche Nationalbibliothek verzeichnet diese Publikation in der Deutschen Nationalbibliografie; detaillierte bibliografische Informationen sind im Internet über http://dnb.d-nb.de abrufbar.

ISBN 978-3-7462-4157-9

Umschlaggestaltung: Ulrike Vetter, Leipzig
Umschlagfoto: © Anna Omelchenko / Fotolia
Gesamtherstellung: Kontext, Lemsel (A)

Da sprach David zu Abigail:
Gelobt sei der Herr, der Gott Israels,
der dich heute mir entgegengesandt hat,
und gesegnet sei deine Klugheit,
und gesegnet seist du,
dass du mich heute davon zurückgehalten hast,
in Blutschuld zu geraten und mir
mit eigener Hand zu helfen.

1 SAMUEL 25,32.33

10

„Der Name passt zu dir, Nabal – du Narr!“, schrie sie.
Kaum hatte sie das gesagt, da wusste Abigail auch schon, dass ihr Mann sie bestrafen würde. Aber so plötzlich und heftig hatte sie es nicht erwartet.
Seine Faust schlug mit aller Kraft, die er in seinem betrunkenen Zustand aufbrachte, auf ihr Gesicht ein. Die Welt um sie herum drehte sich im Kreis. Dann öffnete sie die Augen und starrte in den grauen Himmel.
Ihr Mann stand einen Moment lang über ihr, schwankte. Wahrscheinlich fragte er sich, ob er sie weiter schlagen sollte. Doch schließlich zuckte er die Achseln, drehte sich um und torkelte zum Tisch, wo er sich noch einen Becher Wein einschenkte. Geräuschvoll kippte er ihn hinunter.
Abigail blieb reglos im staubigen Hof liegen; sie wollte nicht schon wieder seinen Zorn auf sich ziehen. Schmerzen spürte sie keine, obwohl sie merkte, wie ihr das Blut aus dem Mund rann. Aber sie hatte keine Angst. Nein, Angst hatte sie vor ihrem Mann noch nie gehabt.
Die beiden waren seit zwei Jahren verheiratet. Er hatte sie bisher erst einmal geschlagen – nur wenige Tage nach ihrer

Hochzeit. Auch damals hatte sie ihn „Nabal" genannt. Der Name hatte ihn erzürnt, und er hatte sie verprügelt. Seither hatte sie ihn nie wieder so genannt – bis heute.

Alle nannten ihn Nabal – hinter seinem Rücken. Wenn die Leute ihn direkt ansprachen, hieß er Kenas ben Ela, ein Kalebiter vom Stamm Juda. Sein Großvater war nämlich Kaleb ben Jephunneh, der Patriarch von Juda und Gefährte Josuas. Aber alle – Diener, Edelleute, Händler – kannten ihn nur als Nabal, der Narr.

Abigail untersuchte mit der Zunge den winzigen Riss in ihrer Lippe, wo durch den Schlag die Haut aufgerissen war. Halb so schlimm. Tat nicht einmal weh. Vielleicht sah es schlimmer aus, als es war, was auch erklären würde, warum ihr Mann sie nicht weiter geschlagen hatte. Der Weinkrug auf dem Tisch lockte stärker als seine am Boden liegende Frau.

Sie beobachtete ihn. Immer neue Ausreden fielen ihm ein, sich zu betrinken. Heute war es die Schafschur – ein „Fest", wie er sagte. Aber eigentlich war ihm jeder Anlass recht, um den Wein hinunterzukippen.

Abigail atmete schwer, als ihr wieder einfiel, warum sie ihren Mann „Nabal" genannt hatte. Er hatte damit geprahlt, dass er die Boten des Geächteten David mit leeren Händen fortgeschickt hatte. Und ob er ein Narr war! Nun würden die wilden Geächteten bestimmt zurückkommen und sie ausplündern – oder sogar alle brutal umbringen.

Der Abtrünnige David ben Jesse war bei den Grundbesitzern

in Israel gefürchtet. Wo er auch hinkam, gab es Plünderungen. Meistens schickte er einen Gesandten voraus und forderte Abgaben. Hohe Abgaben. Ganze Herden, viele Esel, Lebensmittel, selbst Diener … Die klugen Grundbesitzer zahlten; die dummen weigerten sich – und mussten büßen.
Kenas stürzte seinen dritten Becher hinunter. Er hatte den ganzen Tag schon heftig getrunken. Nun rülpste er laut und torkelte zum größten Gebäude seines Anwesens hinüber, wo die Schlafgemächer lagen.
Jetzt konnte sie getrost versuchen, aufzustehen.
„O Mutter Abigail, geht es denn?"
Abigail blickte auf und sah ihre junge Magd Schua aus dem Gesindehaus auf sie zulaufen. Offenbar hatte sie sich versteckt gehalten, bis Kenas weg war.
„Ja, Schua." Abigails Stimme klang ruhig. In Krisensituationen bewahrte sie immer Haltung.
Schua kniete sich neben sie in den Staub und streckte ihre Hand aus, um ihr behilflich zu sein.
„Oh, dieser brutale Mensch! Er war schon wieder betrunken, Mutter Abigail. Dieser Nabal …"
„Er heißt Kenas!", fuhr Abigail sie an, dann setzte sie sich abrupt auf.
„Ja, Herrin."
Abigail lächelte. Meistens nannten ihre Diener sie liebevoll „Mutter Abigail", obwohl sie in den zwei Jahren ihrer Ehe noch nicht Mutter geworden war. Die respektvolle Anrede

„Herrin“ benutzten sie in der Regel nur, wenn sie zurechtgewiesen worden waren.
Schua stützte Abigails Ellbogen und wollte ihr aufhelfen, doch ihre Herrin schüttelte den Kopf und stand alleine auf. „Ich komme schon zurecht. Geh und hol Jarib. Sag ihm, ich will ihn unverzüglich sehen.“
„Geht es wirklich, Mutter Abigail?“
Wieder lächelte sie, weil sie „Mutter Abigail“ genannt wurde. Seit zwei Jahren schon nannte Schua sie so, obwohl sie beide gleich alt waren – siebzehn. Sie nahm das als Zeichen für Respekt und Zuneigung. Ganz anders war es bei ihrem Mann. Den nannte niemand „Vater Kenas“ – alle sagten Nabal, wenn sie von ihm sprachen.
Abigail schob Schua beiseite, ging zum Tisch und goss etwas Wasser aus einem Krug in eine Schüssel. Sie befeuchtete den Ärmel ihres Kleides und tupfte ihre Lippen ab. Dann schenkte sie sich einen Becher Wein ein und spülte den Mund aus, wobei sie erstmals einen stechenden Schmerz verspürte.
„Mutter Abigail, kommt Ihr zurecht?“
Jarib kam vom Gesindehaus herbeigerannt, wo Schua ihn angetroffen hatte. Er war ein älterer Mann mit einem schwarzgraumelierten Bart und fleckigen, schiefen Zähnen. Wie alle anderen Diener des Hauses brachte auch er der jungen Herrin aufrichtige Zuneigung und Respekt entgegen.
Abigail wandte sich zu ihm um. „Jarib, wir sind in großer Gefahr. Also, ich möchte folgendes von dir …“

Rasch gab sie ihre Anweisungen. Jarib sollte unverzüglich eine Eselkarawane zusammenstellen und zweihundert Brote (womit der Brotvorrat im Keller praktisch aufgebraucht war), zwei Scheffel geröstetes Getreide, einhundert Rosinenkuchen (die auf Anweisung ihres Mannes für das Schafschurfest gebacken worden waren) und zweihundert Feigenkuchen aufladen.
„Bei Sonnenaufgang bist du bereit", wies sie ihn an. „Dann bringst du die Sachen zu David, dem Geächteten. Such dir Männer zusammen, die dir helfen können."
Jarib runzelte die Stirn und biss sich auf die Lippe. Er machte den Mund auf, um etwas zu sagen, schloss ihn dann aber doch wieder und murmelte nur ein kurzes „Ja, Herrin", um anschließend die Befehle auszuführen.
Als Abigail nach ihrer Heirat nach Karmel gekommen war, hatten sich die Diener ihr gegenüber respektvoll verhalten. Doch sie hatte sich noch nicht getraut, selbstständig Anweisungen zu geben. Aber mit der Zeit war ihre Autorität gewachsen. Mittlerweile gehorchte selbst der alte Jarib ihren Befehlen, ohne zu zögern.

Abigail tupfte noch immer ihren Mund mit dem Ärmel ab und ging ins Haupthaus hinüber. Die Sonne ging allmählich hinter den Hügeln im Westen unter. Sie nahm eine kleine Öllampe, zog den Docht gerade und zündete ihn mit einem Span aus dem Ofen an. Dann ging sie die Treppen hoch zum Schlafzimmer ihres Mannes.

Der Raum war groß und durch die Fenster in zwei Wänden gut belüftet. Die Fensterläden standen offen; ein kühler Luftzug brachte Erfrischung von der Hitze des Tages. Kenas hatte sich auf dem Bett ausgestreckt und lag mit offenem Mund schnarchend auf dem Rücken. Er hatte sich nicht einmal die Mühe gemacht, die Sandalen auszuziehen. Sie kniete sich vor ihm hin, löste die Riemen seiner Sandalen und zog sie aus; dann hob sie seinen Kopf an und legte ihm ein Kissen unter. Nachdem sie ihn noch zugedeckt hatte, ging sie hinaus.

Er würde die ganze Nacht und vermutlich bis weit in den nächsten Morgen hinein schlafen, das wusste Abigail. Wenn er dann aufwachte, hatte er in der Regel starke Kopfschmerzen und würde sich nicht darum scheren, was sie angeordnet hatte. Natürlich würde man es ihm später sagen müssen … Aber bis dahin wäre Davids Zorn besänftigt, und sie hatte ihr Haus vor der Zerstörung bewahrt!

Im Hof beaufsichtigte Jarib das Zusammentragen der Lebensmittel für den Geächteten David. Drei Männer arbeiteten für ihn. Abigail war froh, dass einer von ihnen Hezro war, Schuas junger Verlobter. Im Mondlicht, das den offenen Hof durchflutete, glänzten seine muskulösen Arme vor Schweiß.

„Jarib", rief sie.

Der ältere Diener drehte sich um. „Ja, Mutter Abigail?"

„Seid ihr vor Sonnenaufgang fertig zum Aufbruch?"

Der Mann nickte mit seinem angegrauten Kopf. „Es gibt nicht mehr viel zu tun. Die drei hier können sich um die Esel kümmern. Hezro sagt, er weiß, wo David anzutreffen ist."
„Stimmt das, Hezro?"
Der junge Mann setzte das Weinfass ab, das er so mühelos auf seinen starken Armen trug.
„Ja, Herrin Abigail. Ich ... äh ... habe von seinem Lager draußen in der Wüste erfahren."
Abigail betrachtete das hübsche Gesicht dieses muskulösen jungen Mannes. Seine schwarzen Augen unter dem schwarzgelockten Haarschopf schauten offen und vertrauensvoll drein. Sie fragte sich, warum er nur so zögerlich von dem Versteck des Vogelfreien sprach. Wusste er mehr über David, als er zugab? Sie beschloss, ihn auszuquetschen und herauszufinden, wie viel er wusste – oder wie viel er von dem preisgab, was er wusste.
„Was für ein Mensch ist dieser Gesetzlose David? Ist er so wüst, wie sie alle behaupten?"
Hezro lächelte. Das Weiß seiner Zähne hob sich von dem kurzen schwarzen Jungmännerbart ab. „Nein, Herrin. Er ist ... Also, ich habe gehört, er sei ein guter, sanftmütiger Mensch."
„Aha. Na gut, wollen wir's hoffen, denn ... Ich komme mit euch! Ja, ich möchte diesen Gesetzlosen treffen, der sich gegen den Gesalbten des Herrn aufgelehnt hat."
Hezro runzelte die Stirn. Er öffnete den Mund und wollte

etwas sagen, schloss ihn dann aber wieder und wandte sich zur Seite. „Jawohl, Herrin“, murmelte er, nahm das Weinfass hoch und machte sich wieder an die Arbeit.
Abigail wandte sich an den älteren Diener. „Ich muss mit diesem *sanftmütigen* Geächteten reden. Morgen früh bin ich bereit.“
„Nein, Mutter Abigail, ich warne Euch. Man sagt, dieser David sei ein wollüstiger junger Mann. Ihr wäret da nicht sicher!“
„Trotzdem! Ich muss mit ihm reden.“
„Aber Herrin …“
„Ach, Alter, lass sie doch!“ Hezro hatte das Fass auf die Schulter genommen, sein Körper war von der schweren Last leicht gebeugt. „Ihr wird nichts passieren.“
„Woher willst du das wissen, Hezro? Glaubst du etwa, du allein kannst sie beschützen?“
Hezro lachte, sein Gesicht wirkte im Mondlicht ganz jungenhaft. „Also, eins weiß ich: Wenn ich das täte, könnte ich von dir keine Hilfe erwarten. Du kannst ja nicht mal ein Schwert von einem Fleischmesser unterscheiden!“
„Du unverschämter …“
Abigail legte dem alten Diener die Hand auf den Arm. „Lass ihn reden, Jarib. Ich möchte wissen, warum er glaubt, dass mir nichts zustoßen wird.“
Hezro setzte das Weinfass mit einer Leichtigkeit zu Boden, als sei es leer. „Herrin, er … Also, man sagt, er sei Frauen ge-

genüber besonders höflich. Vielleicht geht er mit Männern etwas rauer um, aber zu Frauen, Kindern und Alten ist er so sanftmütig wie kein anderer."
„Woher weißt du so viel über ihn?"
Der junge Mann zögerte und überlegte, wie viel er ihr erzählen sollte. Als er sein Kinn schwungvoll vorschob und sie trotzig anschaute, wusste sie, dass er zu einer Entscheidung gelangt war.
„Herrin, zehn seiner Männer kamen heute zu Nabal aufs Feld und baten ihn um Hilfe. Sie waren sehr höflich und …"
Er zögerte und legte die Stirn in Falten.
Abigail ermunterte ihn. „Und?"
„Einer davon ist mein Cousin. Ich hatte Gelegenheit, mit ihm zu sprechen, als Nabal nicht dabei war."
Sie wies ihn nicht zurecht, weil er ihren Mann „Nabal" nannte. Im Moment gab es Wichtigeres.
„Ach so." Sie starrte ihn gedankenverloren an. „Und du hast davor auch schon mal mit deinem Cousin gesprochen, stimmt's?"
„Hmm … ja, Herrin. Mehrmals. Davids Leute waren oft bei uns in der Gegend."
Jarib unterbrach ihn. „Unmöglich! Dann hätten sie uns doch angegriffen."
„Im Gegenteil, Alter. Sie haben uns nie etwas zuleide getan. Sie waren sogar eine Schutzmauer für uns und unsere Herden. Sie haben nie auch nur ein einziges Schaf gestohlen."

„Mag sein.“ Jaribs scharfer Ton verriet seine Abneigung gegen die Haltung des Jüngeren. „Aber David ist ein Rebell gegen den Gesalbten des Herrn, und ...“

„Lass ihn ausreden, Jarib.“ Abigail interessierte sich für Hezros Informationen. Sie wandte sich an den jungen Diener. „Und was hat dir dein Cousin heute erzählt?“

Hezro lachte auf seine jungenhafte Art. „Er sagte, unser Meister und seine Familie würden jede Menge Ärger bekommen. Nabal ist so ein halsstarriger Tölpel, dass man nicht mal mit ihm reden kann!“

Abigail fragte sich, ob die letzte Äußerung ein Zitat seines Cousins oder Hezros eigene Meinung war. Vermutlich beides. Na ja, keine Zeit, dem jetzt weiter nachzugehen.

„Mach dich wieder an die Arbeit, Hezro. Wir sehen uns morgen früh bei Sonnenaufgang.“ Sie drehte sich abrupt um und ging ins Haus.

Noch vor Tagesanbruch stand Abigail auf, machte sich sorgfältig zurecht und zog ein sauberes neues Kleid an. Sie rüttelte Schua wach, die ihr bei der Frisur helfen sollte. Die junge Dienerin kämmte sorgfältig das Haar, und Abigail wusste, dass sie attraktiv aussah. Würde das den Geächteten beeindrucken? Oder würde das seine Leidenschaft wecken, sodass er ...

Sie zwang sich, diesen Gedanken nicht weiter zu verfolgen, und tröstete sich mit dem, was Hezro über Davids Sanftmut gegenüber Frauen gesagt hatte.

Jarib und seine Männer standen bereits draußen im Hof, als sie im Morgengrauen das Haus verließ. Der alte Diener flüsterte Hezro und einem anderen Diener verschwörerisch etwas zu. Abigail konnte gerade noch seine letzten Worte verstehen: „… und wenn sie zu weit zurückfällt, wird sie bestimmt umkehren."

Da entdeckte er Abigail in der Tür und eilte ihr entgegen – mit Sorgenfalten auf der Stirn. „Mutter Abigail, kommt bitte nicht mit. Es ist zu gefährlich."

„Ist mein Esel fertig?"

„Ja, Herrin, aber …"

„Und? Wo ist er?"

Jarib seufzte und wies mit dem Kinn zum Tor hinüber. Der Esel, der dort angebunden stand, war ein altes Tier; gutmütig, aber langsam. Abigail wünschte, die Diener hätten ihr einen jüngeren Esel fertiggemacht, aber sie erhob keine Einwände.

Sie war keine gute Reiterin, das wusste sie, und dieses alte Tier war nicht nur gutmütig, sondern hatte auch einen breiten Rücken. Ein so weiter Ritt auf einem spitzknochigen Eselrücken wäre ziemlich unbequem geworden. Sie lächelte grimmig in sich hinein. Ihr war klar, warum Jarib auf diesem Tier bestand: Sie würde nicht mithalten können, schließlich den Mut verlieren und umkehren.

Abigail presste die Lippen entschlossen zusammen. Nein, sie würde durchhalten … egal wie. Sie musste mit David reden.

„Also, los!“, sagte sie so laut, dass alle sie hören konnten. „Ich bleibe hinten.“

Die Sonne, die soeben aufgegangen war, schien ihr ins Gesicht, als sie das Tal durchquerten, das zu den Hügeln im Osten führte. Die Kühle der Nacht wich der aufkommenden Hitze des neuen Tages. Es hätte ein angenehmer Ausflug werden können, wenn sie unterwegs gewesen wäre, um eine Freundin zu besuchen. Aber sie war auf dem Weg zum Lager des Gesetzlosen, des Geächteten David – und in ihre Freude über den neuen Morgen mischte sich Angst vor dem, was der Tag bringen würde.
Was wusste sie eigentlich über David? Es war eine Mischung aus Gerüchten und dem Gerede der Dienstboten. Auch ihr Mann Kenas hatte oft über ihn gesprochen – spöttisch, versteht sich. Einst war der Abtrünnige ein Günstling von König Saul gewesen, sogar sein Held in der Schlacht. Doch dann hatte sich der junge Mann gegen den Gesalbten des Herrn gewandt und einen Aufstand gegen ihn angeführt, um selbst den Thron zu besteigen.
Wie man sich erzählte, hatte er sein Lager in der Wüste aufgeschlagen, wo er eine wilde Bande junger Kämpfer um sich scharte. Sechshundert Männer, hieß es. Natürlich nicht genug, um den König in einem offenen Kampf herauszufordern, aber allemal genug, um kleine Dörfer und reiche Herdenbesitzer wie Kenas auszuplündern.

Sie hatte Schua freundlich über den Geächteten reden hören ... Aber Schua war mit Hezro verlobt und womöglich durch ihn beeinflusst. Merkwürdig, dass Hezro David für gutmütig hielt und sogar glaubte, dass er Kenas und seine Herden beschützte. Vielleicht zuvor, aber jetzt nicht mehr! Nicht nach dem, was Nabal gestern zu ihm gesagt hatte.

Nabal! So durfte sie ihn nicht einmal in Gedanken nennen. Er war Kenas, ihr angetrauter Ehemann. Ihr Vater hatte sie ihm versprochen, als sie erst vier war, und er war mit der guten Partie sehr zufrieden. Mit fünfzehn war sie die Herrin über einen wohlhabenden Haushalt geworden, selbst wenn ihr Mann ein ...

Verzweifelt schüttelte sie den Kopf und versuchte, solch treulose Gedanken abzuschütteln. Sie erlaubte ihren Dienern nicht, respektlos von ihm zu reden, da durfte sie es selbst auch nicht tun.

Sie gab ihrem Esel einen leichten Klaps mit der Gerte. Dieses uralte Tier war so langsam – die anderen ritten schon weit voraus. Jarib hatte das kommen sehen. Und als sie sich ausmalte, wie sie nun allein in die Berge hineinreiten musste, da wäre sie wirklich fast umgekehrt. Aber sie biss die Zähne zusammen. Niemals! Sie würde die hinterhältigen Pläne ihrer Diener durchkreuzen.

Hier in dem weiten Tal, wo Kenas seine Weiden hatte, war es kein Problem, ihrer Fährte zu folgen. Doch wenn sie die Ebene verließen und in das zerklüftete Gebirge kamen, wür-

de es schwieriger für sie. Sie gab ihrem Esel noch ein paar Klapse, weil sie schneller vorankommen wollte.
Mit Schrecken sah sie, dass Jarib und die anderen schon so weit ins Hügelland vorgedrungen waren, dass sie die Männer niemals einholen würde. Sie presste die Lippen fest aufeinander. Jarib ... Nein, sie zügelte ihre Gedanken über ihren Diener. Der alte Mann meinte es gut mit ihr. Aber er war nicht klug genug, einzusehen, dass sie mit David reden musste, trotz aller Gerüchte, die über ihn kursierten. Jarib könnte niemals überzeugend genug mit David sprechen und ihn überreden, ihr Haus nicht anzugreifen. Allerdings ... vielleicht konnte es Hezro. Er war ein intelligenter Mann, aber noch so jung! Nein, nur sie konnte den Zorn des Geächteten abwenden, wobei sie verzweifelt hoffte, dass er ihr nichts antun würde.
Abigail blieb keine Zeit mehr für weitere Gedanken. Während der Esel den Bergpass hochkletterte, konzentrierte sie sich darauf, ihn um Felsen, Dornbüsche, Schluchten und rutschige Sandflächen herumzuführen. Sie musste sich auch vor Schlangen in Acht nehmen – obwohl diese sich meistens erst am späteren Vormittag blicken ließen, um auf den Felsen ihr Sonnenbad zu genießen.
Als sie an eine Weggabelung kam, blickte sie sich suchend um. Es gab keine Spuren mehr, keine Fährte, die sie hätte verfolgen können. Waren die Männer schon vorher abgebogen? Nein, rechts von ihr entdeckte sie einen Hufabdruck. Abigail beschloss, dieser Spur zu folgen.

Sie war allerdings noch nicht sehr weit gekommen, da merkte sie, dass dies doch nicht der richtige Weg sein konnte. Für einen Saumpfad war er viel zu zerklüftet. Sie musste umkehren … Nein, das würde sie nicht tun! Der Pfad führte in die richtige Richtung. Irgendwann würde sie auf einen Grat kommen und weit genug blicken können, um die anderen zu entdecken.

Der Hohlweg war schmal, die Seiten felsig und voller Dornengestrüpp. Der alte Esel setzte vorsichtig Fuß um Fuß zwischen Felsen und Gestrüpp. Genau vor ihnen war ein Grat, den sie überqueren musste. Vielleicht konnte sie von oben …

Stimmen! Sie hörte jemanden reden, dann lachen.

Gut. Dann hatte sie wohl ihre Diener eingeholt. Sie trieb den Esel an, der vorsichtig dahinstapfte und sich vermutlich fragte, warum seine Reiterin eine so unmögliche Reiseroute gewählt hatte.

Die Stimmen wurden lauter. Mehrere Leute lachten.

Wie konnte das zugehen? Es waren doch nur vier Diener – und die kamen nicht auf sie zu! Und lachen würden sie bestimmt auch nicht. Wer mochte da unterwegs sein?

Auf dem Grat erschien ein Trupp Männer. Sie hatten Schwerter und Speere dabei. Ihre Röcke waren, wie bei Kämpfern üblich, zwischen den Beinen zusammengebunden. Was waren das für Leute?

Plötzlich wusste sie es. Das war eine Schar Krieger, wilde

Gesetzlose, angeführt von einem jungen Mann mit einer hellbraunen flatternden Mähne und einem kurzen Bart. Er lachte über etwas, das einer seiner Männer gerade gesagt hatte.

Sie wusste, wer er war.

2

Abigails Kehle war wie zugeschnürt. Ihre Hand klammerte sich um die Gerte, mit der sie den alten Esel antrieb. Sie blickte um sich, doch ihre Diener waren nirgends zu sehen. Sie war allein auf weiter Flur. Allein musste sie David gegenübertreten.

Sie atmete tief durch und ließ sich vom Rücken ihres Reittiers gleiten. Ihr zitterten die Knie, aber sie nahm sich zusammen und stützte sich mit einer Hand fest auf den Esel.

David war abrupt stehen geblieben und griff nach dem Schwert an seiner Seite. Die Männer hinter ihm, die zuvor noch gelacht und geredet hatten, waren jetzt ganz still. Lediglich das Schnauben des Esels durchbrach die frostige Stille.

Der Mann, der keine zehn Schritte von ihr entfernt mitten im Hohlweg stand, war von mittlerer Statur. Haare und Bart glänzten vor Öl, das er sich hineingebürstet hatte; offenbar gehörte das für ihn zur täglichen Körperpflege. Das Braun seiner Haare war heller als das der meisten anderen Israeliten.

So jung … dachte Abigail. Er war noch ein Junge! Er sollte lieber die Schafe seines Vaters hüten, anstatt in der Wüste eine Bande junger Männer anzuführen, wohlhabende Grundbesitzer auszurauben und einen hoffnungslosen Krieg gegen den gesalbten König Israels zu führen.

Sie stützte sich ganz fest auf den Rücken des Esels. Das verwirrte Tier wich aus und ließ sie alleine stehen. Abigail ging auf die Knie und verneigte sich vor ihm. „David, mein Herr!" Ihre Stimme zitterte leicht. „Ich bringe Euch Geschenke mit – und ich bitte Euch, mir zuzuhören."

In der Stille des Hohlwegs klang ihre Stimme brüchig. Am liebsten hätte sie ihre Worte gleich wieder zurückgenommen. Sie wollte nicht wie eine Bettlerin auftreten. Doch nun war es gesagt. Sie schaute hoch, um dem jungen Anführer der Bande die Reaktion am Gesicht ablesen zu können.

Er lachte. „Du hast mir also Geschenke mitgebracht. Ich kann nur einen alten Esel entdecken. Mit solchen Geschenken werde ich aber nicht reich!"

Die Männer um ihn herum entspannten sich. Die einzige Bedrohung, die sie erkennen konnten, war eine einzelne Frau und ein alter Esel. Manche lachten. Auch sie waren jung und trugen den Bart kurz, wie ihr Anführer. Sie sahen wild aus – eben wie Männer, die draußen im Freien, in der Wüste, leben. Abigail sah nur ungefähr zwanzig von ihnen, aber jenseits des Grates mussten noch mehr sein.

Einer der jungen Männer, ein furchteinflößender Krieger mit braungelocktem Haar und Bart, erdreistete sich zu sagen: „Vielleicht ist das Geschenk, das sie meint, ja gar nicht der alte Esel."

Die Männer brachen in brüllendes Gelächter aus.

Abigails Gesicht brannte wie Feuer, als ihr aufging, was dieser rohe junge Mann gemeint hatte. Sie reckte ihr Kinn vor und stand auf.

„David, mein Herr", sagte sie, und vor Zorn gewann ihre Stimme eine Festigkeit, die sie vorher nicht hatte. „Versteht mich nicht falsch. Wenn meine Diener hier ankommen, werdet Ihr meine Geschenke sehen."

Das Lachen erstarb.

„Herrin, wer bist du?" David schaute sie fest an und runzelte die Augenbrauen. „Und was für ein Geschenk willst du mir geben?"

Sie holte tief Luft. „Ich bin Abigail bath Kenas von Karmel. Ich glaube, Ihr habt Euch zum Ziel gesetzt, meinen Mann zu töten."

Sie hörte, wie die Männer hinter David durch die Zähne pfiffen, aber sie ignorierte das und konzentrierte sich auf ihren jungen Anführer. Er runzelte die Stirn, schaute sie aber weiter unverwandt an.

„Nabals Frau", sagte David.

„Kenas' Frau", entgegnete Abigail.

„Du sollst wissen", sagte er langsam und bedächtig, „dass ich vor Gott einen heiligen Schwur abgelegt habe. Noch vor Ende dieses Tages soll kein männliches Wesen im Hause deines Mannes mehr am Leben sein." Die Worte sollten sie wohl einschüchtern, doch sie bewirkten genau das Gegenteil.

„Dann bin ich ja froh, Herr", sagte sie genauso langsam und bedächtig, „dass ich kein Mann bin. Denn sonst wäre ich jetzt schon tot. Ich bitte Euch allerdings, diesen uralten Esel zu verschonen, denn ich habe sonst kein Transportmittel. Und es ist weit nach Hause."

Die Männer schnappten überrascht nach Luft – und sie war zufrieden.

David heftete seinen Blick auf sie, als wolle er sie mit den Augen taxieren. Er wollte etwas erwidern, wurde aber durch ein Rufen hinter ihnen unterbrochen.

Der Grat, wo sich die Schlucht in den steilwandigen Bergen verlor, war übersät von Davids Männern, die sich jetzt teilten, als eine neue Gruppe junger Männer heranrückte. Einer war offenbar der Anführer. Er war untersetzt, hatte gelocktes Haar, einen Bart und buschige schwarze Augenbrauen.

„David", sagte er unerschrocken mit seiner rauen Stimme. „Schau mal, was ich bei meinem Kontrollgang in der Schlucht gefunden habe."

David hatte sich zu dem Mann auf dem Grat umgedreht.

„Wer ist das, Joab?"

Der Mann namens Joab trat zur Seite und ließ den Neuankömmling vor.

Abigail blieb die Luft weg. Es war Hezro, ihr Diener!

Der junge Mann kam selbstbewusst näher. „Seid gegrüßt, David, mein Herr!“

„Sei gegrüßt, Hezro von Karmel. Was führt dich heute hierher?“

Bevor der junge Diener antworten konnte, mischte Abigail sich ein. „Was hat das zu bedeuten, Hezro?“

Hezro hielte inne und blickte seine Herrin an. Das Lächeln wich aus seinem Gesicht. „Äh … Mutter Abigail, ich … habe David, meinen Herrn, schon einmal getroffen. Also, mein Cousin …“

„Wer ist dein Cousin?“ Abigails Ton war bewusst herrisch, als sie die Männer um sich herum anschaute.

Einer der Männer trat vor. Es war derjenige, der vorhin die unverschämte Bemerkung gemacht hatte. „Ich bin Schamma ben Age, und ich bin Hezros Cousin.“

Da fiel ihr wieder Hezros Behauptung ein, er habe seine Informationen über David von seinem Cousin, einem Mitglied der Räuberbande. Sie empfand sogleich Widerwillen gegen diesen groben jungen Mann und seine ungehobelten Manieren.

Abigail wandte sich wieder an Hezro. „Du kennst also David. Gehörst du auch zu dieser … zu diesen Männern?“

In Hezros jugendlichem Gesicht spiegelte sich seine Verwirrung wider. Bevor er etwas sagen konnte, wandte Abigail sich zu David. „David, mein Herr, wollt Ihr Euren Schwur vor Gott erfüllen, so müsst Ihr noch am heutigen Tag meinen Diener Hezro töten.“

Sie bedauerte augenblicklich, was sie da gerade voller Leidenschaft gesagt hatte. Ihre Worte waren als Beleidigung gegen David gedacht … Doch plötzlich sah sie sich selber so, wie David sie jetzt wohl sehen würde. Er war ein wilder Geächteter, rief sie sich ins Gedächtnis, und womöglich schnell beleidigt. Sie biss auf ihre Unterlippe und nahm sich vor, behutsamer vorzugehen, bescheidener aufzutreten.
David, der sie vor Hezros Ankunft ernst betrachtet hatte, schaute jetzt amüsiert zu ihr hinüber. Seine Augen funkelten, sein Mund verzog sich zu einem spöttischen Lächeln.
„Aha!" Er begann mit Daumen und Zeigefinger an seinem Bart zu zupfen. „Unsere gnädige Dame hier fordert, dass wir ihren Diener umbringen und ihren Esel verschonen. Diese Art von Wertschätzung muss sie von ihrem Mann gelernt haben!"
Da wusste Abigail, dass sie einen sehr ungünstigen Eindruck auf David gemacht hatte. Das musste sie wieder in Ordnung bringen. Sie musste demütiger werden, wenn sie ihr Haus vor der Zerstörung bewahren wollte.
„David, mein Herr …"
Hinter den Männern machte sich Unruhe breit. Davids Begleiter ließen einige Neuankömmlinge hindurch, die soeben den Grat überquert hatten. Jarib! Der ältere Diener führte einen Esel mit den Geschenken am Zügel. Hinter ihm folgten die anderen Diener mit ihren Eseln.
„David, mein Herr", fuhr Abigail fort und erhob ihre Stim-

me über das allgemeine Gemurmel. „Hier sind meine Geschenke für Euch: zweihundert Brote, zwei Fässer Wein, fünf zubereitete Schafe, zwei Scheffel geröstetes Getreide, einhundert Rosinenkuchen und zweihundert Feigenkuchen. Ich bitte Euch lediglich, dass Ihr mir aufmerksam zuhört."
David schaute sie unverwandt an und hob die Augenbrauen. Er drehte sich nicht einmal nach den Eseln mit den großzügigen Geschenken um. Er zupfte weiter mit Daumen und Zeigefinger an seinem Bart.
Abrupt ließ er die Hand sinken, hob den Kopf und sprach laut, ohne den Blick von ihr zu wenden: „Joab, kümmere dich um die Geschenke." Dann, etwas leiser, fuhr er fort: „Ich werde dich anhören, Abigail bath Kenas. Komm mit mir."
Er trat vor, nahm sie am Arm und ging mit ihr die Senke hinunter. Dreißig Schritte. Als sie außer Hörweite waren, wandte er sich an Abigail: „Sprich, ich höre!"
„David, mein Herr …" Obwohl sie sich die Sätze vorher zurechtgelegt hatte, fehlten ihr jetzt die Worte. Dieser Mann, der da vor ihr stand und sie so eindringlich betrachtete, hatte etwas Verwirrendes an sich. Er sah gut aus – aber das war es nicht, das sie aus der Fassung brachte. Sie hatte auch vorher schon mit gutaussehenden Männern zu tun gehabt, diese hatten sie aber längst nicht so aus der Ruhe gebracht wie dieser Mann hier.
Nein, da war noch etwas anderes. Es war nur schwer fassbar, mehreres kam zusammen: Das Jungenhafte – sie wollte

ihn bemuttern, beschützen, unterweisen. Sein unbeirrbarer Blick zu ihr – sie spürte, er mochte sie, bewunderte sie gar, und sie wollte nichts tun, um diesen Eindruck aufs Spiel zu setzen. Und seine Bescheidenheit – sie musste sich vor Augen halten, dass er der Anführer einer Schar rauer Männer war. Und doch war er so … so … kindlich!

Sie musste sich in Erinnerung rufen, warum sie eigentlich hier war: um ihren Mann zu schützen, um ihr Haus zu bewahren, um diesen gutaussehenden jungen Mann daran zu hindern, mordend über ihr Anwesen herzufallen. Deshalb kam es sehr darauf an, dass sie nun die richtigen Worte fand.

Endlich brach sie das Schweigen. „David, mein Herr. Bitte tut meinem Ehemann nichts an. Um meinetwillen."

„Und warum nicht? Hat er sich nicht geweigert, mir zu helfen, Gottes Werk zu tun? Ist er nicht ein Narr?"

Abigail nickte. „Ja. Ich … ich muss zugeben, dass sein Name gut zu ihm passt: Nabal. Wegen seiner Dummheit bringt er uns oft in Verlegenheit und in Schwierigkeiten. Aber … bitte … vergebt ihm. Ihr seid ein zu großer Mann, um Eure Hände mit seinem Blut zu besudeln."

Er erwiderte nichts. Stattdessen wanderte seine linke Hand an sein Kinn, und er zupfte wieder an seinem Bart. Sie fuhr fort: „Eure Männer habt Ihr zu uns geschickt, um Lebensmittel und Vorräte zu holen. Dieses Geschenk habt Ihr nun. Es ist nicht mehr nötig, meinen Mann zu töten und unser Haus zu zerstören."

Noch immer sagte er nichts. Doch sein stetiger Blick war beunruhigend. Es fiel ihr schwer, sich auf das zu besinnen, was sie eigentlich sagen wollte. Ihr kam etwas in den Sinn, was David kurz zuvor gesagt hatte.

„Ihr sagt, Ihr vollbringt Gottes Werk. Wenn Ihr in Seinem Kampf steht und Er wirklich auf Eurer Seite ist, dann seid Ihr unter Seinem Schutz. Dann seid Ihr so sicher, als lebtet Ihr in Gottes Westentasche! Ihr braucht Eure Steine nicht nach unbedeutenden Haushaltsvorstehern wie meinem Mann zu schleudern; vertraut auf Gott, der sich um Menschen wie ihn kümmert."

Sie bemerkte, dass er den Mund aufgemacht hatte; er starrte sie entgeistert an.

Dann schienen die Worte nur so aus ihrem Mund zu strömen. „David, mein Herr, denkt an Eure Zukunft. In einigen Jahren, wenn sich alle Eure Träume erfüllt haben, werdet Ihr auf diesen Augenblick zurückschauen können. Was werdet Ihr dann sagen? Dass Ihr einen kleinen Landbesitzer und alle männlichen Wesen auf seinem Grundstück getötet habt, nur weil Ihr Euch über seine Beleidigung geärgert habt? Oder aber, dass Ihr einen Narren gnädig verschont und darauf vertraut habt, dass Euer Gott Gerechtigkeit übt?"

Plötzlich verließ sie ihr Selbstvertrauen. Da waren ihr unverschämte Worte herausgerutscht – und das gegenüber einem Gesetzlosen, der sich gegen den Gesalbten des Herrn aufgelehnt hatte. Wie konnte sie nur so etwas sagen? Weil

er so kindlich und unschuldig aussah? Sie senkte den Kopf. „Es … tut mir leid. Vergebt mir, dass ich so vorlaut war. Ich habe es nicht so gemeint … Es tut mir leid …"
Stille.
Sie starrte auf den Boden. Dann plötzlich hob sie ihren Kopf mit einem Ruck, weil er ausrief: „Gelobt sei Jahwe, der Gott Israels, der mich heute zu dir geschickt hat!"
Sie blickte ihn an. Er starrte in den Himmel, sein Gesicht glühte. Er redete weiter, doch war es jetzt nicht ein Rufen, sondern eine leise Stimme wie beim Beten. „Mein Gott, ich danke dir, dass du durch die Stimme dieser Frau Weisheit geredet hast. Du hast mich davor bewahrt, die Rache selbst in die Hand zu nehmen und Blutschuld auf mich zu laden."
Er streckte die Arme aus und ergriff Abigails Hände. „Gehe in Frieden, gute Frau. Ich nehme deine Geschenke an … und deine Worte. Sei sicher, dass ich weder deinem Mann noch sonst jemandem in deinem Haus weder heute noch später etwas zuleide tun werde."
Sein Lächeln war wie ein Segen. Eine Wärme durchströmte sie, wie sie es nie zuvor verspürt hatte.
Erst später, als sie auf ihrem alten Esel nach Hause ritt, ging ihr ein seltsamer Gedanke durch den Kopf. David, der jungenhafte Anführer der Geächteten, war so sehr Kind, dass sie Muttergefühle für ihn empfand. Und doch war sie jünger als er. Waren es wirklich *Muttergefühle*? Dieser Gedanke verwirrte sie.

3

„Wo warst du, Frau?“

Kenas war schon wieder betrunken. Zur Feier der Schafschur. Eine einsame Feier!

„Wo sind die Rosinenkuchen?“, wollte er wissen. „Und die zwei Fässer Wein, die ich für dieses Fest zurückgelegt hatte? Du warst den ganzen Tag weg! Niemand konnte mir sagen, wo – oder zumindest hat es mir keiner verraten. Los, sag schon: Wo warst du?“

Abigail glitt von dem alten Esel und ließ ihn von Jarib zu den Stallungen führen. Sie runzelte die Stirn. Sollte sie es ihm jetzt sagen? Nein! Nicht in diesem Zustand. Sie würde bis zum nächsten Morgen warten.

Wenn er so lange warten würde.

„Mein Gemahl“, sagte sie und neigte den Kopf. „Ich möchte dir gern ein Mahl zubereiten, damit du richtig feiern kannst. Ein gebratenes, gut gewürztes Lamm, wie du es so gerne magst. Und eine Nachspeise aus Datteln. Schua soll frischen Lauch aus dem Garten holen, und dann …“

„Tu das. Na, mach schon! Was stehst du hier noch ’rum?

Wenn ich gegessen habe, erzählst du mir, wo du heute warst."
„Gewiss doch. Willst du dich nicht noch ein bisschen hinlegen, bis ich das Essen bereitet habe?"
Als Kenas in sein Zimmer ging, um noch ein wenig zu schlummern, atmete Abigail auf. Sie kannte ihren Mann. Sie brauchte das versprochene Festessen gar nicht erst zu kochen … Er würde unverzüglich in einen tiefen Schlaf versinken – so betrunken, wie er war – und erst spät am nächsten Morgen wieder wach werden. Außerdem hatte sie nach all den Ereignissen gar nicht die Kraft, sich um ein ausgiebiges Abendessen zu kümmern.
Morgen früh wollte sie ihm erzählen, was sie getan hatte. Er würde außer sich sein und wahrscheinlich auch nicht glauben, dass sie sein Leben gerettet hatte. Womöglich würde er sie sogar schlagen. Sie zuckte die Achseln: Es wäre nicht das erste Mal.

Am nächsten Morgen stellte Abigail einen kleinen Becher Wein neben Kenas' Lager. Es war stets das erste, wonach er beim Aufwachen verlangte. Irgendwie machten ihn die paar Schlucke Wein erträglich, bevor er sich von den Ausschweifungen am Vorabend erholt hatte.
Als Kenas schließlich aus dem Haus wankte und in den sonnendurchfluteten Hof trat, schützte er seine Augen mit den Händen. „Frau, wo bist du? Ich brauche dich!"

Abigail seufzte. Es war immer dasselbe. „Ich bin hier, mein Gemahl. Ich habe dir frische Rosinenkuchen gebacken.“ Hastig legte sie drei ofenfrische Kuchen in eine Schale und stellte sie auf den Tisch. Kenas räkelte sich auf der Bank. Erst schob er den Teller beiseite, aber dann stieg ihm der Duft in die Nase, und er brach sich ein Stück von dem Gebäck ab.
„Mein Herr Gemahl“, Abigail stand ihm gegenüber auf der anderen Seite des Tisches. „Ich möchte dir gerne erzählen, wo ich gestern war.“
Kenas brummelte und nahm sich noch einen Rosinenkuchen. Er sagte zwar nichts, blickte sie aber drohend an.
„Als ich erfuhr, dass David, der Geächtete, über deine Ablehnung sehr verärgert war, da habe ich ihm ein Geschenk gebracht. Denn ich hoffte, ihn so davon abbringen zu können, uns alle zu töten.“
„Du hast was?“
Kenas vergaß den Rosinenkuchen und sprang auf. Sein Gesicht lief allmählich puterrot an.
„Es war unsere Rettung, mein Gemahl. David und seine Männer waren schon auf dem Weg hierher. Er hatte vor Gott einen Eid abgelegt, dass bis Einbruch der Dunkelheit kein männliches Wesen auf deinem Grundstück mehr am Leben sein würde. Ich habe dir das Leben gerettet!“
Mit einem Ruck fegte Kenas die Schale mit den restlichen Rosinenkuchen auf den Boden. Wahrscheinlich hielt ihn nur der Tisch davon ab, mit Abigail dasselbe zu machen.

Sein Atem kam stoßweise. „Und was … hast du … ihm geschenkt?“
Abigail trat einen Schritt zurück, überlegte es sich aber anders und kehrte zum Tisch zurück. Solange der Tisch zwischen ihnen war, konnte er sie nicht schlagen.
„Mein Herr und Gemahl …“ Sie versuchte, ihrer Stimme einen festen Klang zu geben, doch sie hatte mehr Angst vor ihm, als sie jemals vor dem Geächteten David gehabt hatte. Sie kaute an ihrer Lippe, atmete dann tief durch und fuhr fort: „Ich habe ihm zweihundert Brote geschenkt …“
„Zweihundert!“
„… zwei Fässer Wein …“
„Zwei Fässer!“
„… fünf zubereitete Schafe, zwei Scheffel geröstetes Getreide, zweihundert Feigenkuchen …“
„Was?“
„… und … und hundert Rosinenkuchen.”
„Hundert …“ Kenas schaute auf den Rosinenkuchen, den er noch immer in der Hand hielt. Seine Augen blinzelten nervös. Sein Gesicht färbte sich noch dunkler. Der Mund blieb ihm offen stehen. Dann warf er den Rosinenkuchen fluchend auf den Boden und zertrampelte ihn. „Du … du … ich werde …“
Er kam einen Schritt auf sie zu, ohne den Blick von ihr abzuwenden.
Abigail trat zurück und schützte den Hals mit ihrer Hand.

So hatte sie ihn noch nie erlebt. Er war früher schon öfters zornig geworden – oder am Morgen nach einem Trinkgelage auch schlecht gelaunt. Aber noch niemals so schlimm wie jetzt.

Plötzlich hielt er inne. Sein Gesicht lief noch dunkler an. Er riss Augen und Mund auf, griff sich an die Brust. Sein Atem kam kurz und rasselnd.

Wie ein nasser Sack fiel er zu Boden.

Abigail starrte ihn an. Kenas lag reglos mit dem Gesicht nach unten auf dem festgetretenen Boden im Hof. Was war nur los mit ihm? Nach ein paar lähmenden Schrecksekunden ging sie zögernd zu ihm. Sie kniete sich nieder und drehte ihn um. Kenas hatte offenbar Atemnot.

Er schaute sie mit flehenden Augen an. „Hilf … mir!“, konnte er noch hervorstoßen.

„Schua! Jarib! Kommt schnell her!“, rief Abigail.

Die beiden Diener kamen eilig und halfen, ihren Herrn ins Schlafzimmer zu schleppen und schließlich ins Bett zu legen. Abigail kniete sich neben ihn. Er lag reglos da, mit geschlossenen Augen. War er tot? Nein. Hin und wieder stöhnte oder röchelte er und rang nach Atem.

Was sollte sie tun? Sie bat Schua um ein feuchtes Tuch, mit dem sie ihm das Gesicht betupfte. Aus welchen Kräutern könnte sie ihm einen Tee kochen? Sie wusste es nicht, und wahrscheinlich hätte er ihn auch gar nicht trinken können. Abigail überlegte. Sie besaß noch eine Flasche mit Heilöl, die sie einer Karawane aus dem Osten abgekauft hatte. Damit könnte sie ihm das Gesicht einölen – vielleicht würde dann diese schreckliche Farbe verschwinden. Aber sie vermutete, dass es nicht nur seine Gesichtsfarbe war, sondern dass das Problem tiefer lag. Irgendwo in ihm.

Vielleicht hatte Gott ihn angerührt!

Sie hielt die Luft an. Konnte das sein? Hatte Gott ihn zu Boden geworfen? Dann konnte sie nichts für ihn tun. Aber sie musste etwas tun! Schließlich war sie seine Frau.

Der Rophe!

Serachja ben Usi, der Levit, lebte nur fünf Kilometer weiter in Karmel. Er war ein Rophe, der in der israelitischen Tradition des Heilens ausgebildet war. Vielleicht wusste er, was zu tun war. Wenn er Kenas die Hände auflegen würde, rührte Gott vielleicht ihren Ehemann an und heilte ihn.

„Jarib! Lass Serachja aus Karmel holen."

Jarib hatte in der Nähe der Schlafzimmertür gestanden und auf ihre Anweisungen gewartet. Endlich konnte er etwas tun. „Ja, Mutter Abigail. Ich werde Hezro schicken. Mit einem zweiten Esel für den Rophe."

Der alte Diener schlurfte hinaus. Abigail drehte sich wieder ihrem Mann zu. Er lebte noch, war aber ohne Bewusstsein. Was konnte sie sonst noch tun? Was konnte überhaupt jemand tun? Selbst der Rophe konnte nicht heilen – es sei denn, es wäre Gottes Wille.

Gottes Wille! Wer konnte Gottes Gedanken verstehen? Wie

konnte ein Sterblicher Gottes Gedanken beeinflussen? Konnte ein Levit etwa Gott zu irgendetwas überreden? Nein. Kein Mensch, und sei er durch Herkunft und Ausbildung auch noch so befähigt, konnte dem Allmächtigen seinen Willen aufzwingen.

War dies Jahwes Wille? Die Krankheit und womöglich der Tod ihres Mannes? Wurde Kenas nun für seine Sünden bestraft? War das Gottes Art? Sie schüttelte den Kopf. Diese Fragen gingen weit über ihr Verständnis hinaus.

Der Rophe kam – allein. Als Abigail ihn fragte, wo Hezro geblieben sei, zuckte er die Achseln.

„Er hatte einen wichtigen Auftrag auszuführen. Das ist alles, was er gesagt hat."

Abigail runzelte die Stirn. Was für einen Auftrag? Wollte er David, dem Geächteten, das Neueste über Kenas berichten? Aber sie hatte nun anderes zu tun und ging mit dem Rophe ins Schlafzimmer, wo Kenas bewusstlos dalag.

Der Levit konnte nicht viel für ihren Mann tun. Er rieb Kenas mit heiligem Öl ein – wobei Abigail sich fragte, ob das Öl, das ein levitischer Rophe gesegnet hatte, wohl besser sei als jenes, das sie von der Karawane gekauft hatte. Er betete und sang alte Psalmen, doch Abigail bemerkte keine Veränderung im Zustand ihres Mannes.

Vor Sonnenuntergang brach der Rophe wieder auf.

„Ich habe getan, was ich konnte", murmelte er. „Alles Weitere ist Jahwes Sache."

Abigail nickte. Das sagte er vermutlich immer, wenn er nicht weiterwusste … Sie gab dem Levit ein paar Rosinenkuchen und eine Silbermünze und schickte ihn nach Karmel zurück.
Am nächsten Tag kam Hezro wieder. Er ging direkt zu Abigail.
„Wo warst du?", fragte sie, obwohl sie die Antwort bereits wusste.
„Bei David", entgegnete er und schaute sie unerschrocken an. „Ich dachte, das sollte er erfahren."
„Aha. Und ich vermute, du sollst ihn umgehend informieren, wenn Kenas stirbt?"
„Ja, Mutter Abigail."
Die Festigkeit wich aus Abigails Stimme. „Was wird er tun, wenn mein Mann stirbt?"
Hezro schaute sie eindringlich an. „Ich weiß es nicht, Herrin."
Ich auch nicht, dachte Abigail. Aber das brachte sie auf einen anderen, viel beunruhigenderen Gedanken: *Was passiert mit mir, wenn Kenas stirbt?*

4

Kenas lag im Sterben. Abigail wusste es genau, denn sie kniete Tag für Tag neben seinem Lager. Sie konnte wenig für ihn tun: sein Gesicht abtupfen, ihm Suppe einflößen, es ihm so bequem wie möglich machen. War er einen Moment bei Bewusstsein, so blickte er sie hilflos an. Er konnte sich nicht rühren.

Am fünften Tag schickte Abigail eine Nachricht an Kenas' Cousin Jehallelel ben Naam aus Bethlehem: Kenas liege im Sterben. Vielleicht gab es noch weitere Verwandte, aber die kannte sie nicht. Jehallelel würde sich darum kümmern.

Am achten Tag fiel Kenas in ein Koma, aus dem er nicht wieder erwachte. Zwei Tage darauf starb er.

Die Totenklage war laut, wie es die Tradition verlangte, aber sie klang nicht erschüttert. Im Gegenteil – Abigail spürte so etwas wie Erleichterung bei den Dienern im Haus und auf dem Feld. Oder hörte sie aus ihren Trauerbezeugungen das heraus, was sie selber fühlte? Doch nein, solche untreuen Gedanken durfte sie gar nicht zulassen! Sie als Ehefrau war dazu verpflichtet, um ihren Mann zu trauern.

Jarib kümmerte sich um die Vorbereitungen zur Beisetzung,

denn er war der älteste Mann im Haus. Er wusch und salbte den Leichnam, zog Kenas das schönste Gewand an und sorgte dafür, dass die Grabstätte vorbereitet war. Nur noch ein Tag, dann würde der Leichnam verwesen. Und wenn Beerdigungsgäste kämen und einen verwesenden Leichnam wahrnähmen, so wäre der Tote in den Augen der Familie entehrt.

Am Begräbnistag konnten sie nicht länger warten. Kein Verwandter war aufgetaucht, der den Trauerzug hätte anführen können. Das musste nun Jarib übernehmen, obwohl er nur ein Diener war.

Jarib wählte sechs Diener aus, die den Leichnam tragen sollten. Hezro war nicht dabei; offenbar war er bei David, dem Geächteten, und unterrichtete ihn über Kenas' Tod.

Mit lautem Klagegeschrei setzte sich der Zug vom Haus aus in Bewegung. Allen voran Jarib, gefolgt von sechs stämmigen Dienern mit der Bahre. Dann kamen Abigail und die übrigen aus ihrem Haus.

Obwohl Abigails Stimme vom Jammern und Klagen schon heiser war, blieb sie so laut sie nur konnte. Als Schua aufhörte, um ihre Stimme zu schonen, blickte Abigail sie scharf an, bis sie zumindest wieder einen vagen Versuch unternahm, das Ableben ihres Herrn zu beklagen. Aber es war ein erzwungenes Wehklagen, das konnte jeder merken.

Jarib beschleunigte seinen Schritt. Das verstieß zwar gegen

die Regeln, war aber aufmerksam von ihm, denn alle wollten die Trauerfeier so schnell wie möglich hinter sich bringen. Das Wehklagen verstummte, sobald sie am Grab ankamen. Jarib und die sechs Diener mit der Bahre betraten die Grabhöhle, die schon viele Jahre zuvor für Kenas' Begräbnis hergerichtet worden war. Jetzt begann das Schweigen.

Abigail war auf die Wucht des Schweigens nicht vorbereitet. Nach dem lauten, heiseren Jammern zuvor empfand sie es als sehr bedrückend. Verwirrt stellte sie fest, wie sie von immer neuen, beunruhigenden Gedanken verfolgt wurde. Was sollte sie jetzt tun? Was war mit Jehallelel oder möglichen anderen Verwandten, die sich um Kenas' Angelegenheiten kümmern müssten? Wer würde ihn beerben? Wer würde das Anwesen verwalten?

Und vor allem: Wer würde sie heiraten?

Es war Brauch, dass der nächste Verwandte die Witwe heiratete. Nein, es war mehr als Brauch: Das Gesetz des Mose bestimmte es so. Jehallelel, Kenas' Cousin, war der Verwandte, dem diese Pflicht zukam. Sie hatte ihn nur einmal gesehen – vor ein paar Jahren bei ihrer Hochzeit ... Aber sie konnte sich an nichts erinnern: weder an sein Alter noch an die Anzahl seiner Ehefrauen, noch an irgendetwas Persönliches.

Würde sie weiter hier leben können – ohne Ehemann? Einen Haushalt führen? Möglich, ja. Das war schon vorgekommen. Aber nur, wenn niemand sie wollte. Und das war unwahrscheinlich. Sie war noch jung und für jeden normalen

Mann begehrenswert. Darüber hinaus war sie reich. Sie zu heiraten, das bedeutete, Kenas' riesiges Anwesen dazuzugewinnen.

Sie stieß einen Seufzer aus. Die Zukunft lag nicht in ihren Händen. Irgendjemand wie Jehallelel oder ein anderer Verwandter würde ihr sagen, was zu tun war. Sie würde nicht gefragt werden.

„Abigail."

Die Stimme war genau hinter ihr. Eine männliche Stimme. Sie runzelte die Stirn. Jetzt durfte niemand reden. Das war unangemessen, respektlos. Sollte sie einfach nicht darauf achten? Oder sich umdrehen und ihn zurechtweisen?

Nein. Das konnte sie nicht tun. Das würde sie nicht tun. Denn sie *kannte* die Stimme. Langsam drehte sie sich um.

David, der Geächtete, hatte sich offenbar leise herangeschlichen, denn niemand hatte ihn bemerkt. Oder war er schon während der Totenklage hergekommen?

„Komm mit mir."

Das konnte sie doch nicht machen! Das widersprach allen Sitten und Gebräuchen. Ungehörig. Doch sie nickte nur und schob sich mit ihm durch die Menge neugieriger Gesichter. Schweigend gingen sie ein kleines Stück beiseite.

„Was wirst du jetzt tun?", fragte David sanft.

Fast hätte sie ihm keine Antwort gegeben. Das ging ihn nichts an! Aber dann antwortete sie doch: „Ich weiß es nicht genau. Vermutlich Kenas' nächsten Verwandten heiraten."

„Wer ist …?"

„Jehallelel ben Naam. Ich glaube, er ist ein Cousin."

David runzelte die Stirn. Daumen und Zeigefinger wanderten in vertrauter Manier zu seinem Kinn. „Warum ist er nicht hier?"

„Weiß ich nicht. Wir haben nach ihm geschickt."

David betrachtete sie ernst. Dann nickte er, als hätte er gerade eine Entscheidung getroffen. „Nein. Du wirst nicht Jehallelel heiraten. Er ist alt und hat schon zu viele Ehefrauen. Und er ist knauserig. In ein paar Jahren wird auch ihn jeder nur noch Nabal nennen."

„Kennt Ihr ihn?"

David nickte. „Er stammt aus Bethlehem. Da bin ich aufgewachsen. Ja, ich kenne ihn. Und du darfst ihn nicht heiraten."

„Aber wie soll ich … ?"

„Du wirst mich heiraten."

Abigail schnappte nach Luft. Sie starrte ihn an.

Das war unmöglich! Lächerlich! David war ein Gesetzloser. Ein Aufständischer gegen Jahwes Gesalbten. Sie konnte ihn nicht heiraten. Sie konnte es nicht. Sie würde es nicht tun.

„Ja, Herr", sagte sie ruhig.

Warum sagte sie das? Dazu hatte sie nicht das Recht. Es gehörte sich nicht. Es war … Es war …

Unvermeidlich!
Sie konnte überhaupt nicht nein sagen. Die Entscheidung lag nicht an ihr. Er hatte sie nicht *gebeten*, ihn zu heiraten; er hatte sie *aufgefordert*. Sie konnte nicht ablehnen. Sie konnte es nicht.
Selbst wenn sie gewollt hätte. Und … Sie wollte überhaupt nicht ablehnen.
Diese Tatsache überraschte sie genauso wie der Gedanke, den Rebell gegen Gottes Gesalbten zu heiraten.
„Morgen früh", sagte er sanft.
Es war alles gesagt. Sie gingen zu den Trauergästen am Grab zurück und standen schweigend da, bis Jarib und die anderen aus der Grabhöhle herauskamen.
Der Rückweg zum Haus wurde schweigend zurückgelegt. Wie es sich gehörte. Vor Sonnenuntergang durfte kein Wort gesprochen werden. In dieser Zeit wurde geschwiegen, der Tote betrauert, der Vergangenheit gedacht.
Aber Abigail dachte nicht an die Vergangenheit. Sie dachte nur noch an die Zukunft.

50

In dieser Nacht schlief Abigail kaum, wobei sie am Morgen nicht einmal sagen konnte, ob es Angst vor der Zukunft war – oder aber gespannte Erwartung.
Sie stand früh auf, weckte die Diener und wies sie an, ein großes Essen vorzubereiten. Für ein Hochzeitsfest? Nein, um Davids Männer zu versorgen. Wie viele? Sie hatte gehört, dass er um die sechshundert Mann im Gefolge hatte, aber sicher war sie nicht.
Doch Jarib wusste es. Er hatte mit Hezro gesprochen und erfahren, dass etwa siebzig Leute mit ihm gekommen waren. Ob sie zu seiner normalen Leibwache gehörten? Oder waren sie zu der Beerdigung gekommen? Vielleicht aber auch … Abigail schob diesen Gedanken rasch beiseite … zu einer Hochzeit? Hatte David etwa schon vor ihrem Gespräch gestern gewusst, dass er sie heiraten würde?
Die Diener erledigten ihre Aufgaben lachend und laut redend. Abigail rief sie nicht zur Ordnung, obwohl ihr die Stimmung im Haus nicht ganz angemessen schien – immerhin war gestern der Hausherr begraben worden. Wie hätte sie auch etwas sagen können, ihr ging es doch genauso.

Die Tradition schrieb vor, dass der Bräutigam sie bis zur Trauung nicht sehen durfte. Außerdem sollte sie einen Schleier tragen. Abigail hielt beides nicht ein. Heute würden die Bräuche außer Acht gelassen – sie war schließlich keine jungfräuliche Braut mehr, für die der Hochzeitstag der schönste im Leben ist. Sie hatte gestern den einen Mann zu Grabe getragen und würde heute den anderen heiraten. So etwas war in der Tradition nicht vorgesehen.

Und darum verlief auch dieses Hochzeitsfest ungewöhnlich. Zwar lag eine feierliche Stimmung in der Luft, und der Wein floss reichlich, wie es sich für eine Hochzeit gehörte – doch alles war anders. Die Feierlichkeiten gingen in aller Eile vonstatten – genau wie bei der Beisetzung –, als wenn jeder die Prozedur hinter sich bringen wollte, um dann wieder Wichtigeres in Angriff zu nehmen. Es gab keinen Brautvater, der eine Rede hielt, die Jungfräulichkeit seiner Tochter garantierte und sie förmlich dem Bräutigam übergab. Natürlich war auch kein Brautgemach hergerichtet worden.

Am Mittag rief David seine Männer im Hof zusammen. Allerdings passten nicht alle hinein – es war nur Platz für etwa dreißig. Die anderen blieben draußen, gingen ums Haus, verteilten sich über das Anwesen, zertrampelten den Garten. Sie wirkten ausgelassen und fröhlich – eben wie junge Männer auf einer Hochzeit.

David versuchte, das allgemeine Stimmengewirr zu übertö-

nen und bat um Ruhe. Unverzüglich wurde es still. Etwas an ihm zog die Aufmerksamkeit an sich.
„Männer aus Juda!" Er redete würdevoll, als sei es eine offizielle Rede. Jetzt hätte er eine Staatsversammlung einberufen können.
„Hiermit nehme ich Abigail, Witwe des Kenas, zur Frau. Hat irgendjemand Einwände vorzubringen?"
Diese Frage war reine Formsache, gehörte zu einer förmlichen Heiratserklärung dazu. Natürlich sagte niemand etwas. Es gab keine groben Witze, nur ein nachdenkliches, respektvolles Schweigen.
Ein wildes Gedränge am Tor machte die Hochzeitsstimmung zunichte. Ein junger Mann bahnte sich den Weg durch die Menge. Abigail erkannte ihn von ihrer letzten Begegnung mit Davids Leuten. Nur mit Mühe fiel ihr sein Name wieder ein: Joab. Einer von Davids Hauptleuten.
„Was gibt's denn, Joab?"
„Besucher."
„Wer?"
„Jehallelel mit ungefähr dreißig bewaffneten Männern."
Abigail schnappte nach Luft. Würde es Ärger geben? Würde Kenas' Verwandter Davids kühne Tat in Frage stellen?
David runzelte die Stirn, seine Hand strich über das Kinn. Aber seine Stimme klang ruhig. „Na gut. Wir werden auf ihn warten."
Ein paar Minuten später ließen die jungen Männer die Neu-

ankömmlinge durch. Angeführt wurde der Zug von einer großen Sänfte, die von zwölf stämmigen Jugendlichen getragen wurde. Dahinter kam die Leibwache des wohlhabenden Mannes. Viele von Davids Männern kletterten auf die Mauer, um ihnen Platz zu machen. Oben auf der Mauer machten sie es sich bequem und beobachteten das weitere Geschehen. Mit einer einstudierten Bewegung setzten die Diener die Sänfte ab. Die Vorhänge teilten sich, und heraus trat Jehallelel.

Kalte, unmenschliche Augen spähten unter gerunzelten Augenbrauen hervor und starrten David an.

„David ben Jesse." Er sprach langsam und bedächtig, seine Worte trieften vor Hass. „Das hätte ich mir denken können. Was geht hier eigentlich vor?"

Davids Stimme zog unweigerlich die Aufmerksamkeit auf sich.

„Jehallelel ben Naam. Willkommen zur Hochzeitsfeier."

Jehallelel schaute sich um. Seine Augen erfassten blitzschnell die bewaffneten Männer im Hof und auf den Mauern. Gewiss hatte er auch die anderen draußen gesehen. Sein Blick blieb an Abigail haften.

„Ich komme zu einer Beerdigung."

„Die war gestern." David war kurz angebunden. „Heute feiern wir Hochzeit."

„Wessen?", erkundigte sich Jehallelel, obwohl er es vermutlich bereits wusste.

„Meine. Mit der Witwe Abigail. Hast du irgendwelche Einwände?"
Abigail schaute zu Kenas' Cousin, der seinen Blick weiter auf David heftete. Gespanntes Schweigen. Die Frage hing im Raum – eine kluge Frage. Gut abgepasst. Wenn Jehallelel keine Einwände vorbrachte, war die Hochzeit rechtsgültig.
Nach den Hochzeitsbräuchen erhielten die Verwandten der Braut die Gelegenheit, Einwände gegen die Heirat vorzubringen. Da hier kein Vater seine Tochter hergeben konnte, musste der nächste Verwandte die Heirat für gültig erklären. Wäre Jehallelel nicht aufgetaucht, hätte die Ehe später angefochten werden können. Würde er aber keine Einwände vorbringen – so war die Hochzeit rechtskräftig.
„Du hast doch schon eine Frau", murmelte er.
David nickte. Langsam sagte er: „Zwei."
Abigail presste die Lippen aufeinander. Das hatte sie nicht gewusst.
„Nein", entgegnete Jehallelel. „Nur eine. Saul, Gottes Gesalbter, hat dich für tot erklärt und Michal dem Palti ben Lajisch aus Gallim gegeben."
Das war David offenbar neu. Sein Gesicht lief rot an, sein Kiefer spannte sich. Er ballte die Hände zu Fäusten, doch er behielt seinen Zorn für sich.
„Somit begeht sie Ehebruch, denn sie ist noch immer meine Frau." Er hielt inne, blickte Jehallelel geradewegs an und sag-

te dann leise und bedächtig. „Genau wie Abigail – ab jetzt. Hast du Einwände?“
Die Stille war bedrohlich. Jehallelels Augen huschten zu den Kriegern um ihn herum. Ein paar von Davids Männern hatten bereits ihre Schwerter gezogen.
Jehallelel sagte nichts, sondern schüttelte nur leicht den Kopf. Die einzige Antwort, die er geben konnte – um am Leben zu bleiben.
„Hiermit“, David erhob seine Stimme zum Befehlston, „erkläre ich vor diesen Gästen und Kenas' Familie Abigail zu meiner rechtmäßigen Ehefrau. So sei es.“
Ein paar Sekunden lang starrte Jehallelel David noch an. Dann drehte er sich um, kletterte auf seinen Sitz und zog energisch die Vorhänge zu. Er murmelte einen Befehl, und schon hoben die Diener die Sänfte an und marschierten davon.
„Du hast dir einen starken Feind gemacht“, knurrte Joab.
David lachte unbekümmert. „Nicht lange. Nur solange er lebt.“
Joab lachte. Und plötzlich war die ernste Stimmung wie weggewischt. Die Männer lachten, sie fanden rasch zu ihrer ungezwungenen guten Laune zurück.
Die einzige, die nicht mitlachte, war Abigail. Ihre Hochstimmung war verflogen – Davids letzte Worte hatten sie vertrieben. Sie wusste, was er meinte.
War dies heute ein kurzer Einblick in das Leben, das nun vor ihr lag? Was für einen Mann hatte sie da geheiratet?

6

David war ein sanfter und rücksichtsvoller Liebhaber. Abigail war erstaunt und entzückt – nach den Erfahrungen, die sie mit dem brutalen und häufig betrunkenen Nabal gemacht hatte. Schuldgefühle stiegen in ihr hoch, weil sie ihren neuen Ehemann mit dem alten verglich. Und doch: Sie freute sich auf die vor ihr liegende Zeit voller Liebe und Leidenschaft.

Am Morgen stand Abigail früh auf, um frische Rosinenkuchen zu backen. Bestimmt wusste ihr jetziger Mann diese besser zu schätzen als der verstorbene. Da – sie hatte es schon wieder getan! Dieser ständige Vergleich zwischen David und Nabal. Das durfte sie nicht tun. Ein für alle Mal – das war nicht fair gegenüber Nabal.

Nabal! Warum konnte sie ihn nicht Kenas nennen? Selbst in ihren Gedanken nannte sie ihn, wie alle ihn genannt hatten: Nabal, der Narr. Verwundert schüttelte Abigail den Kopf. Wie schnell sich alles verändert hatte!

Wie würde ihr Leben an Davids Seite nun aussehen? Würde David sie wohl mit in die Wüste nehmen, um mit ihr das gefährliche Leben eines Vogelfreien zu teilen? Dann müsste sie der Tatsache ins Auge sehen, dass sie ihren neuen Ehemann jederzeit verlieren konnte ... jedes Mal, wenn er auf Beutezug ging. Oder wenn er König Sauls ausgebildeten Kriegern gegenüberstand ...

König Saul, der Gesalbte des Herrn! Und David, Abtrünniger, Rebell, aus Israel Verbannter – ihr Ehemann! Was sollte aus ihr werden? Würde sie am Ende einem grausamen Tod ins Auge schauen, wenn die königliche israelitische Armee die Rebellen niederschlug und ihr Lager zerstörte? Aber ... vielleicht würde sie eines Tages auch Königin über Israel – und Mutter des nächsten Gesalbten?

Unsinn! Sie konnte ja gar nicht Israels Königin werden – als *dritte* Ehefrau. Selbst wenn Michal, Davids erste Frau, in Schande gefallen war, weil sie einen anderen Mann geheiratet oder mit ihm Ehebruch begangen hatte – sie war immer noch königlichen Blutes und erste Ehefrau.

Dann war da noch die andere Frau, die in Davids Wüstenlager wohnte. Bald würde Abigail die ehelichen Pflichten mit ihr teilen ... Ob sie wohl eifersüchtig war? Ob sie die Neue herumkommandieren würde? Abigail schüttelte den Kopf bei dem Gedanken an all die Veränderungen, die ihr bevorstanden. Die Zukunft war so ungewiss! Sie wusste nicht, ob sie sich davor fürchten oder sie freudig erwarten sollte.

„Gott segne dich, Frau!“

Davids Stimme! Sie wirbelte herum, wobei ein Rosinenkuchen zu Boden fiel. Er stand in der Tür – Haare und Bart tadellos gepflegt, lächelnd, sauber gekleidet.

Abigail fiel unwillkürlich jener Satz aus dem alten Psalm ein: „Wie ein Bräutigam, der aus seiner Kammer heraustritt“. Sie hielt die Luft an. Er sah … einfach großartig aus! Er leuchtete hell wie die Sonne, die im Osten farbenprächtig aufgeht und sich auf den Weg über das Himmelsgewölbe macht! Sie lächelte, sah erwartungsvoll einem neuen Tag mit dieser hellen Sonne entgegen.

David trat rasch und energisch auf sie zu und nahm in den Arm. Sein Kuss auf ihren Lippen schmeckte zärtlich. Der Tag – nein, es war eine ganze Woche, die ihnen bevorstand – würde himmlisch sein. Dann erst würden sie gemeinsam ins Lager zurückkehren.

„Danke für alles“, flüsterte er, wobei sich seine Lippen an ihrer Wange kaum bewegten. „Ich bedaure nur, dass ich nicht bleiben kann.“

In seinen starken Armen fühlte Abigail sich geborgen. Hier war sie beschützt. Doch plötzlich ging ihr auf, was er da gerade am Schluss gesagt hatte.

„Was … was meinst du damit?“

„Ich bedaure, dass ich gehen muss. Heute muss ich dringend etwas erledigen.“ Er war ernstlich bekümmert, seine Augen verrieten es.

„Aber …“ Sie brachte nicht heraus, was sie sagen wollte: dass die Hochzeitsnacht erst der Anfang war und nicht schon das Ende. Dass auf die Hochzeit eine ganze Woche Glückseligkeit folgen sollte … wie es der Brauch ihres Volkes vorsah.

War es möglich, dass sich die Sonne im Osten schon wieder verzog, noch bevor ihr Licht die Dunkelheit ganz vertrieben hatte?
„Es tut mir leid. Wirklich. Ich wollte, ich könnte bleiben."
Er blickte sie an – mit derselben Leidenschaft, die sie in der vergangenen Nacht erlebt hatte. Mit derselben Zärtlichkeit, derselben Liebe.
„Aber ich lasse dich holen. Dann werden noch viele glückliche Nächte vor uns liegen."
Warum, wollte sie fragen, warum konnte er nicht bleiben? Wo ging er hin? Warum nahm er sie nicht mit? Was sollte aus ihr werden? Aber ihre Kehle war wie zugeschnürt. Sie konnte nichts sagen.
„Auf Wiedersehen, Liebes", flüsterte er und küsste sie fest auf den Mund. Dann ließ er sie los, steckte noch rasch einige Rosinenkuchen ein und schritt über den Hof.

Abigail stand wie betäubt. Es dauerte eine Weile, bis sie begriffen hatte, was da geschehen war. Er war gegangen! Wie konnte er so etwas tun? Warum hatte er sich so abrupt verabschiedet?
Ihre Knie gaben nach, sie sank zu Boden. Vor ihr lag der Rosinenkuchen, der zuvor heruntergefallen war. Der Rosinenkuchen, der für David bestimmt war. Schmutzig jetzt. Vergessen. Einsam.
Sie wusste später nicht, wie lange sie dort gelegen hatte. Das

aufgeregte Treiben draußen auf dem Hof drang nicht bis in ihr Bewusstsein vor. Bald verstummte auch das. Irgendwann fand Schua sie, half ihr behutsam hoch und brachte sie zu Bett. Dann schlief sie, tief und fest. Flüchtete sich in tiefen Schlaf, eine willkommene Zuflucht vor der Wirklichkeit.

7

Die Tage schleppten sich dahin, einer so trübe wie der andere. David hatte eine Leibwache von dreißig Mann zurückgelassen. Ihr Anführer war Hezros Verwandter Schamma ben Age. Abigail hatte ihn als den groben Ausgestoßenen in Erinnerung, der sie bei ihrer ersten Begegnung mit David beleidigt hatte. Seine Frau Mirjam lebte jetzt mit Abigail und Schua im selben Haus.

Die Leibwächter hatten kaum etwas zu tun. Sie verteilten sich über das gesamte Anwesen, hüteten Schafe, arbeiteten im Garten oder lungerten im Hof herum und schwatzten. Schua gab ihnen zu essen. Abigail ging ihnen aus dem Weg. Einem konnte sie allerdings nicht aus dem Weg gehen: Schamma. Zuerst ärgerte sie sich über seine ungehobelten Manieren und die taktlosen Sprüche. Aber dann ließ sie sich doch gern von Schammas Erzählkünsten fesseln. Manchmal erntete er sogar ein herzhaftes Lachen.

„Mutter Abigail!" Aus Respekt gegenüber David benutzte Schamma die respektvolle Anrede. „Ich erzähle Euch von damals, als ich in der Schlacht – später wurde sie ‚Schlacht auf dem Linsenacker' genannt – achtzig Philister getötet habe.

Alle meine Männer waren aus dem Feld weggerannt ..."
Schamma konnte gar nicht genug von seinen Heldentaten als Krieger erzählen. Hezro, der bei Schua, seiner Verlobten, zu Besuch war, verdrehte die Augen und grinste.

Aber Schamma war auch eine wertvolle Informationsquelle. Durch ihn erfuhr Abigail von Davids Abenteuern und Taten in der Vergangenheit.

„David, nicht Saul, ist Jahwes wahrer Gesalbter", sagte er eines Tages zu ihr.

Abigail wusste nicht, ob sie ihm glauben sollte. Sie hatte schon gehört, dass der Ausgestoßene David für sich beanspruchte, der rechtmäßige König Israels zu sein. Aber wie die meisten Menschen in Israel hielt sie das für dummes Geschwätz. Oder hatte David dieses Gerücht selbst in die Welt gesetzt, um Unterstützung für seine Sache zu gewinnen?

„Doch, es stimmt", beharrte Schamma. Jahwes Prophet Samuel persönlich hat ihn gesalbt."

Schon wieder eine von Schammas aufgebauschten Geschichten? Der Prophet Samuel, erzählte Schamma, habe Davids Vater Isai in der Nähe von Bethlehem besucht und sich dessen Söhne genau angesehen. Er habe sie alle zurückgewiesen. Dann habe er von dem jüngsten Sohn erfahren, der die Schafe hütete. Und ausgerechnet ihn, David, habe Samuel dann gesalbt.

Schamma erzählte auch von Davids Besuch in König Sauls Lager, als die israelitische Armee eine Schlacht gegen die Philister austrug. „Goliath, ein riesiger Philister, forderte alle

Söhne Israels auf, sich im Einzelkampf mit ihm zu messen. Keiner traute sich – bis David daherkam."

Schamma erzählte die Geschichte bis ins kleinste Detail – angeblich war er dabei gewesen – und beschrieb, wie der junge David ohne Rüstung, nur mit seiner Hirtenschlinge, dem Riesen entgegentrat.

„Ein Stein! Mehr war nicht nötig. Ein einziger Stein! Und der Riese fiel mit solcher Wucht hin, dass die Erde erbebte!"

Wieder wusste Abigail nicht, ob sie ihm glauben sollte. Sie hatte die Geschichte schon früher gehört, aber im Volk wurde viel erzählt.

Während die Tage ins Land zogen, fiel Abigail auf, dass die Schaf- und Ziegenherde immer kleiner wurde. Eines Abends fragte sie Schamma danach.

„Ja, Mutter Abigail. Sie wandern nach Ziklag."

„Ziklag!?" Die Stadt der Seevölker – Schamma nannte diese Leute Philister – lag weit im Südwesten, am Rande der Wüste.

Schamma grinste. „Sie ist jetzt Davids Stadt. Der Philisterkönig Achisch hat sie ihm vermacht. Alle rannten sie aus der Stadt, sahen gar nicht so glücklich aus … Aber das war eine gute Idee von König Achisch. Jetzt hat er David als Puffer zwischen sich und den Ägyptern."

„Willst du damit sagen", fragte Abigail, „dass David Achisch den Rücken decken soll, während er selbst Krieg gegen Israel führt?"

Schammas Grinsen verzog sich zu einem Stirnrunzeln. Vielleicht hatte er eine solch scharfsinnige politische Bemerkung von einer Frau nicht erwartet.

„Ich glaube schon. Aber für David ist es auch günstig. Jetzt hat er einen sicheren Wohnort gefunden: für sich – und seine Familie."

„Dann werden wir vermutlich dorthin ziehen, wenn David uns holen lässt?"

„Richtig, Mutter Abigail. Darum lässt er auch das Hab und Gut Eures verstorbenen Ehemanns nach Ziklag bringen. Das reicht aus, um uns alle für längere Zeit satt und glücklich zu machen. Und vor allem, wenn man an die Städte der Amalekiter da unten im Süden denkt, die wir hin und wieder ausplündern."

Ziklag. Ihr künftiges Zuhause. Eine bereits bestehende Stadt. Wo sie leben würde … sie und jene andere Frau.

„Sag mir, Schamma: Was weißt du von Davids anderen Frauen?"

Schamma lehnte sich gegen die Wand und nahm hastig einen Schluck Wein.

„Michal." Er redete langsam, mit gerunzelter Stirn. „Sie ist Sauls Tochter. Hochnäsig. Anspruchsvoll. Zänkisch. David kann sie nicht ausstehen. Als Saul sie mit einem anderen verheiratete, hätte er sie gehen lassen sollen. Aber für David war dies eine direkte Beleidigung gegen Jahwes Gesalbten. Eines Tages wird er sie zurückkriegen. Pah! Dann wird er es sich wieder anders wünschen."

Wie ich vermutlich, grübelte Abigail. Laut sagte sie: „David hat sie also nie wirklich geliebt?"

„Zuerst schon. Da waren sie beide noch jung. Wisst Ihr übrigens, welchen Brautpreis König Saul von ihm verlangt hat?"

Abigail schüttelte den Kopf. Davids Vater war reich, es musste also eine märchenhafte Summe gewesen sein.

Schamma grinste. „Zweihundert Vorhäute!"

Abigail schnappte nach Luft. Das hieß, er musste zweihundert Männer umgebracht haben.

„Philister?" fragte sie.

Schamma nickte. „Und er selber noch ein Kind ... mit Schafmist an den Sandalen."

Mirjam, Schammas Frau, stupste ihn mit dem Ellenbogen an. „Pass auf, was du sagst, du Esel! Überleg mal, mit wem du da redest!"

Schamma verdrehte die Augen, aber das Grinsen wich ihm nicht vom Gesicht. Nicht viele Männer in Israel würden sich von ihren Frauen zurechtweisen lassen. Er fuhr fort. „Damals hasste König Saul David. Manche sagen, er war eifersüchtig, weil jeder im Volk den Hirtenjungen lieber mochte als den König selber. Die Krieger sangen Loblieder auf David."

Abigail hatte schon einmal ein solches Lied gehört – ein Marschlied, das so ähnlich ging: „Saul hat Tausende erschlagen, David aber Zehntausende." Kein Wunder, wenn der König daraufhin eifersüchtig wurde.

Schamma nahm noch einen Schluck Wein.
„Die meisten sagen, Saul sei geisteskrank geworden. Gott habe ihn berührt. Das denke ich auch. Manchmal brütete er den ganzen Tag vor sich hin. Zwischendurch konnte er auch stark und aktiv sein, aber dann bekam er wieder seine Anfälle von Schmermut. Nur Davids Harfenspiel und Gesang schienen ihm zu gefallen."
„Hatte David keine Angst vor ihm?"
„Doch, und das mit gutem Grund. Einmal schleuderte Saul sogar einen Speer nach David. Einfach so, ohne Vorwarnung!"
„Wurde David deshalb ein Ausgestoßener? Weil Saul ihn ausgestoßen hat?"
„Ja." Schamma nickte heftig mit dem Kopf. „Jonathan half ihm bei der Flucht. Er war damals Davids bester Freund."
Jonathan – König Sauls Sohn. Thronerbe. Von allen Feinden Davids hätte Jonathan der erste sein sollen.
„Michal auch", fuhr Schamma fort. „Sie half David ebenfalls."
Michal. Sie musste David sehr geliebt haben. Aber offenbar jetzt nicht mehr. Zu viel war geschehen. Jetzt hatte sie einen an deren Mann. War sie verbittert? Oder liebte sie noch immer den verwegenen jungen Mann, der sich gegen ihren Vater aufgelehnt hatte?
„Danke, Schamma. Und jetzt erzähl mir bitte von Davids anderer Frau – was weißt du von ihr?"

„Ahinoam. Nettes Mädchen. Eine Witwe aus Jesreel."
„Jesreel?" Abigail runzelte die Stirn. „Das ist doch gar nicht weit von hier."
„Genau. Das Jesreel bei Hebron, nicht die Ebene oben im Norden. Ihr Ehemann war Großgrundbesitzer. Durch die Heirat mit ihr konnte David uns alle ein Jahr lang mit Nahrung versorgen ..."
Er brach ab und bekam einen roten Kopf. Abigail nickte. Sie verstand, warum er jetzt zerknirscht war. Das war mehr als eine Andeutung. So suchte sich David also seine Frauen: Sie waren reich und konnten ihn ernähren. Bald würde sie nach Ziklag ziehen, wo David auch wieder ein Jahr von *ihrem* Wohlstand zehren konnte. Dann würde sie bei Ahinoam leben, die David im Vorjahr versorgt hatte.
Sie seufzte. Wie viele Frauen würde David noch heiraten?

Schließlich kamen Davids Boten: Abigail sollte sich für den nächsten Tag bereit machen zum Aufbruch nach Ziklag. Das kam für sie nicht überraschend, denn die letzten Herden waren unterwegs zu ihrem neuen Zuhause. Es blieb nur eine kleine Leibwache da sowie Jarib und Schua und vier Ehefrauen von Leibwächtern.
Die Boten sagten ihr auch, sie solle auf Ahinoam, Davids zweite Frau, warten. Gemeinsam würden sie nach Ziklag ziehen.
Was für eine Frau war Ahinoam? Herrisch? Zurückhaltend?

Verbittert darüber, wie David ihr Hab und Gut verschwendete? Oder – und das wäre am schlimmsten – so schön, dass sie in Davids Gefühlen den ersten Rang einnahm?
Als Ahinoam auf einem Esel ankam, grüßte sie Abigail höflich – sehr zu Abigails Erleichterung. Ihre Leibwache bestand aus mindestens dreißig Mann. Im Gefolge kamen Diener und Ochsenkarren mit vielen Habseligkeiten.
Abigails Begrüßung fiel ebenfalls höflich aus, obwohl sie sehr förmlich blieb und irgendwie Angst hatte vor der Frau, mit der sie fortan das Leben teilen würde. Und den Mann …
„Willkommen in Karmel, Herrin. Der Tag geht schon zur Neige. Komm herein und ruh dich aus. Morgen ziehen wir nach Ziklag."
Ahinoam lächelte scheu. „Gute Idee. So haben wir Gelegenheit, uns aneinander zu gewöhnen."
Warum sollte sie dieses Mädchen denn nicht mögen? Abigail biss sich auf die Lippe und wandte sich ab. War sie enttäuscht? Hatte sie erwartet, sie so abscheulich zu finden, dass man sie einfach nur hassen konnte? Würde sie sich am Ende gar mit ihr anfreunden?
Während Abigail die Diener anwies, ein angemessenes Fest für ihren Gast vorzubereiten, beobachtete sie verstohlen Davids andere Frau. Mit ihrer schlanken Gestalt und ihrem glatten Gesicht sah sie gleich alt aus wie Abigail – noch unter zwanzig. Pechschwarzes Haar, schwarze Augenbrauen. Dunkle Augen. Schmales Gesicht. Große Nase. Schmale

Lippen. Spitzes Kinn. Entgegen Schammas Beschreibung – „sehr hübsch!“ – war sie nicht außergewöhnlich schön – bis sie lachte. Da plötzlich leuchtete ihr dunkles Gesicht, ihre Ausstrahlung wurde weicher und verriet etwas von ihrem bescheidenen, einfühlsamen, unverdorbenen Wesen.

Abigail wusste nicht, ob sie sich von ihr angezogen fühlen sollte oder abgestoßen. Ahinoam wies nichts von alledem auf, was Abigail erwartet hatte – Hochmut, Herablassung, Arroganz. Eigentlich wäre es nicht verwunderlich gewesen; schließlich war sie Davids zweite Frau und Abigail die dritte. Ahinoam war attraktiv, das musste Abigail neidlos zugeben. Und wenn sie schon auf *sie* attraktiv wirkte, dann erst recht auf David.

Ihre Unterhaltung blieb an diesem Abend oberflächlich – als ob sie mit Belanglosigkeiten den Fragen aus dem Weg gehen konnten, die unbeantwortet in der Luft lagen: Wie würden sie in Zukunft zusammen leben? Wären sie gezwungen, im selben Haus zu wohnen? Wer würde den Haushalt führen? Und vor allem: Wie würden sie sich den gemeinsamen Ehemann teilen, wenn er zu Hause war? Wen würde David lieber mögen?

Diese Dinge würden später zur Sprache kommen, wenn das bessere Kennenlernen sie entweder zu gesprächigen Freundinnen oder schweigsamen Feindinnen machen würde.

8

Abigail fand Ziklag – eine typische Philisterstadt, wie Schamma erklärte – beeindruckend. Der Ort konnte auf eine wechselvolle Geschichte zurückblicken: Nach der Eroberung hatte Josua die Stadt dem Stamm Simeon übergeben. Die Simeoniter hatten sie als israelitische Stadt gebaut, am Ausläufer der Berge, wo die breite Küstenebene beginnt, genau nordöstlich von Beerscheba. Dann waren die Seevölker – die Philister, wie sie sich selber nannten – eingefallen und hatten sich am Küstenstreifen angesiedelt. Sie hatten Ziklag erobert und die Stadt zu ihrem südlichen Außenposten gemacht.

Nachdem die Israeliten die Stadt erobert hatten, hatten sie diese als Festung umgebaut. Abigail sah die dicken Mauern und das massive Stadttor. Uneinnehmbar, dachte sie. Niemand würde diese Stadt erobern können. Hier waren sie sicher.

Zwei Häuser an dem großen Platz mit dem Hauptbrunnen waren für Davids Frauen reserviert. Abigails neues Heim sah typisch kanaanitisch aus: ein umschlossener Hof mit einem zweigeschossigen Gebäude an einer Seite. Die Sauberkeit beeindruckte sie, bis man ihr sagte, dass die früheren Bewohner – aus Verärgerung über König Achischs Anordnung, diesen Ort zu räumen – in allen Ecken Schmutz und Unrat hinterlassen hatten. Nie erfuhr sie, wer das Ganze für sie aufgeräumt hatte.

Kaum hatte Abigail sich mit ihren Dienern Jarib und Schua im Haus eingerichtet, da kam David nach einem seiner Beutezüge in Ziklag an. Erst ging er nach nebenan zu Ahinoam – sehr zu Abigails Verdruss. Doch er blieb nur ein paar Minuten dort, überquerte dann den Platz und betrat den Hof, wo Abigail ihn erwartete.

Rasch trat er auf sie zu, nahm sie in den Arm und küsste sie zärtlich.

„Abigail, mein Liebes", murmelte er ihr ins Ohr. „Ich hoffe, du fühlst dich hier wohl."

„Ja, mein Ehemann." Sie versuchte, ihrer Stimme einen festen Klang zu geben, doch sie zitterte leicht.

„Ich bleibe eine Woche hier und muss dann wieder weg. Dies wird unsere Hochzeitswoche, auf die wir nach unserer Heirat verzichten mussten."

Wieder durchfuhr Abigail eine Welle der Freude. Eine Woche! Die versprochene Brautwoche, in der Mann und Frau innigst miteinander vertraut werden konnten, was ihnen eine lange und glückliche Beziehung verhieß. Sie fühlte sich fast wie eine jungfräuliche Braut, die den Rausch der ersten Hochzeitswoche durchlebte.

Aber wie immer in diesen Tagen, wenn sich ein glücklicher Gedanke in ihrem Innern einnistete, wuchs gleichzeitig ein Schuldgefühl empor, das ihr die Heiterkeit raubte. War sie glückselig, weil David zuerst zu ihr kam? Oder war es nur das Triumphgefühl über ihre Rivalin nebenan? Ein solcher Gedanke war ihrer nicht würdig; sie versuchte, ihn zu vertreiben.

Die Woche verging wie im Fluge. David war ein zärtlicher und einfühlsamer Liebhaber, die Augenblicke der Beglückung mit nichts zu vergleichen, was Abigail bisher erlebt hatte. Ihre Gespräche während dieser Tage verliefen angeregt und fantasiereich. Da sie für andere Leute außer Sichtweite waren, behandelte er sie wie seinesgleichen. Ihr Verstand, der aus Mangel an ebenbürtigen Gesprächspartnern so lange brachgelegen hatte, nahm die Herausforderung gern an und tauchte in neue, unerforschte Welten ein. Er hörte ihr zu, nahm sie ernst und lobte ihren Verstand, wie er es sonst mit seinen Hauptleuten tat. Abigail fühlte sich geehrt.
Und das Lachen! Ihr Mann hatte einen unbändigen Humor. Oft wollte sie sich über seine Geschichten ausschütten vor Lachen. Sie selbst erfand auch einige Geschichten, die bei ihrem Ehemann schallendes Gelächter hervorriefen.
Manchmal sang er ihr etwas vor, und sie staunte über die Schönheit seiner Stimme. Etwas an diesem Gesang war an-

ders – nicht nur die Reinheit seiner Stimme oder der Rhythmus … Nein, da war noch etwas anderes, Unergründliches. Wenn David sang, meinte sie, in die Tiefe seiner Seele schauen zu können.
Am letzten Tag ihrer Brautwoche sang er ihr einen Psalm vor, den er in seiner Jugend gedichtet hatte:

Der Herr ist mein Hirte. Nichts wird mir fehlen.
Er weidet mich auf saftigen Wiesen
und führt mich zu frischen Quellen.
Er gibt mir neue Kraft.
Er leitet mich auf sicheren Wegen,
weil er der gute Hirte ist.

Abigail hörte mit geschlossenen Augen zu und stellte sich einen kleinen Jungen vor, der in der Wüste seine Schafe weidet. Der Junge war allein. Dann kam Jahwe zu ihm und ging neben ihm her. Und der Junge war nicht mehr einsam. Das Lied ging noch weiter:

Und geht es auch durch dunkle Täler,
fürchte ich mich nicht,
denn du, Herr, bist bei mir.
Du beschützt mich mit deinem Hirtenstab.
Du lädst mich ein
und deckst mir den Tisch vor den Augen meiner Feinde.

Du begrüßt mich wie ein Hausherr seinen Gast
und gibst mir mehr als genug.
Deine Güte und Liebe werden mich begleiten
mein Leben lang;
in deinem Haus darf ich für immer bleiben.

Als das Lied verklungen war, blieb Abigail noch lange schweigend sitzen. Schließlich öffnete sie die Augen. „Das ist wunderschön, David." Er lächelte. „Es ist noch nicht fertig. Ich glaube nicht, dass es jemals ganz fertig sein wird. Jedes Mal, wenn ich es singe, feile ich noch etwas daran."

„Ich wüsste nicht, wie du es noch verbessern könntest."

„Es ist wie ... na ja, wie die Zeit, die ich mit Jahwe zubringe. Jeden Tag kommt er zu mir, und jeden Tag ändert sich mein Lied. Ich glaube nicht, dass mein Psalm jemals ein Ende finden wird."

Aber die Woche war zu Ende. Die Zeit war vergangen, schneller als irgendeine andere Woche in Abigails Leben.

„Heute", sagte er zu ihr, „muss ich fort. Es tut mir leid. Ich wünschte, es wäre anders. Wie gerne würde ich für immer hier bei dir bleiben."

Er hielt sie im Arm und küsste sie. Das inzwischen vertraute Glücksgefühl strömte durch ihren Körper. Eines Tages würde er zurückkehren ... Ja, und dann würde dieser Freudentaumel weitergehen.

Und wie zuvor, wenn ein froher Gedanke sie erfüllte, schob

sich ein anderer Gedanke davor und nahm ihr den Frieden, plagte sie mit Schuldgefühlen. Hatte er eine solch beglückende Woche auch mit Ahinoam verbracht? Und vorher mit Michal? War er mit ihnen genauso glücklich, so innig vertraut gewesen? Hatte er ihnen auch dieses wehmütige Hirtenlied vorgesungen? Liebte er Ahinoam genauso wie sie?

Nachdem David gegangen war, setzte Abigail sich allein in ihren Hof. Jarib und Schua, die ihr Schweigen verstanden, gingen ihr aus dem Weg. Doch Ahinoam nicht. Davids andere Frau erschien am Tor und trat einfach herein.

Zuerst war Abigail mürrisch, wollte von Ahinoams Anteilnahme nichts wissen.

„Ich habe mich genauso gefühlt wie du, als er gegangen war", erzählte Ahinoam mit sanfter, zutiefst sympathischer Stimme. „Tagelang habe ich geweint. Und ich war allein. Ich hatte niemanden, der mich trösten konnte."

„Danke, Ahinoam. Es geht schon wieder. Aber ich weiß deine Anteilnahme zu schätzen. Eigentlich müsstest du eifersüchtig sein. Stattdessen bist du freundlich. Danke."

Ahinoam lächelte. „Wenn's dir hilft, kann ich dir auch sagen, warum er nicht bei mir war. Ich bekomme ein Kind. David braucht mich nicht mehr. Wenn ich ihm einen Sohn schenke, wird er zufrieden sein. Doch solange du nicht schwanger bist, wird er seine gesamte freie Zeit bei dir verbringen, nicht bei mir."

„Oh!"

Abigail heftete ihren Blick auf Ahinoam. Wieder schoben sich die zwiespältigen Gedanken in ihr Bewusstsein. Sie freute sich aufrichtig für Ahinoam. Das größte Geschenk einer Frau an ihren Mann war ein Sohn, ein Erbe. Nichts konnte einem liebenden Ehepartner mehr gefallen, als ihm das zu geben, was man nicht mit Geld oder Macht erkaufen konnte.

Der andere Gedanke war weniger freundlich. Ahinoam hatte zuerst empfangen, wurde ihr schlagartig bewusst. Ihr Sohn würde der Erbe sein. Mehr noch, er würde der Prinz von Israel sein. Der rechtmäßige Thronanwärter. Gottes Gesalbter.

Und wenn Abigail jemals empfangen und ihrem Mann einen Sohn schenken würde, hätte sie nichts. Ihr Sohn wäre schlicht ein weiterer Diener des Königs.

Ein weiterer störender Gedanke kam in ihr hoch. Hatte David deswegen eine solch glückselige Woche mit ihr verbracht und Ahinoams Haus gemieden? War er ihr gegenüber deswegen so liebevoll und umsichtig? Weil er schon hatte, was er sich am meisten wünschte – von Ahinoam?

Abigail brach – zu Ahinoams Entsetzen – in Tränen aus. Was sie für die Liebe ihres Mannes gehalten hatte, war gar nicht Liebe. Es war etwas vollkommen anderes: Davids einziger Grund für seine Heirat mit ihr war, ihren Wohlstand zu übernehmen. Und die gemeinsame Woche der Glückseligkeit

sollte nur dazu gut gewesen sein, einen Thronerben in Reserve zu bekommen …? Er nutzte seine Frauen aus, benutzte sie für seine eigenen egoistischen Ziele. Für ihren Mann zählte nur eins – sein Ehrgeiz. Alle anderen waren ihm egal, seine Männer, seine Frauen. Nur der Thron. Nur der Thron.
Sie weinte und wollte sich nicht trösten lassen.

Im Laufe der Zeit konnte Abigail allmählich Davids Ehrgeiz verstehen – ja sogar gutheißen. Er tat schließlich das, was ein König zu tun hatte. Er musste ein Herrschergeschlecht aufbauen. Dazu brauchte er Söhne … und um sie zu bekommen, brauchte er Frauen, mehrere Frauen. Sein Haus musste wachsen, und sie würde sicher nicht seine letzte Frau sein. Sie konnte seine Zukunftspläne nicht durchkreuzen, selbst wenn sie es gewollt hätte. Und sie wollte nicht. Im Gegenteil: Sie wollte sogar tun, was sie konnte, um Davids Anwartschaft auf den Thron zu unterstützen.
Sie gestand sich schließlich ein, dass sie Davids Ehrgeiz deswegen annehmen konnte, weil er so viel Charme hatte und so liebevoll mit ihr umging. Jede Nacht, die er in Ziklag verbrachte, kam er zu ihr – und nicht zu Ahinoam, was offensichtliche Gründe hatte. Abigail war inzwischen richtiggehend glücklich in Ziklag, das Leben dort kam ihr fast vor wie im Paradies.
Eines Nachts sagte David zu ihr: „Du bist meine Erste Frau.“
Abigail sagte nichts. Sie blickte ihn nur neugierig an, wobei

ihr die Frage zweifellos ins Gesicht geschrieben stand. Eine naheliegende Frage.

David lachte. „Ich weiß, dass ich dich nicht als erste geheiratet habe, sondern Michal. Sie sollte die Erste Frau sein. Doch sie hat dieses Recht verwirkt, als Saul sie einem anderen gegeben hat. Sie ist noch immer meine Frau, weil sich niemand die Frau von Gottes Gesalbtem widerrechtlich aneignen kann. Aber sie wird nicht die Mutter meiner Söhne sein und ebenso wenig die Erste Frau."

Abigail nickte. David benutzte den Ausdruck *Erste Frau* für den Haushaltsvorstand, nicht für die erste in der Reihenfolge der Heiraten. In einem Haus mit mehreren Ehefrauen hatte eine das Sagen. Nach der langen Tradition sollte das die Frau sein, die er zuerst geheiratet hatte, nicht die, die er dazu bestimmte.

Diese Tradition wurde allerdings nicht durch das Gesetz des Mose geregelt, sondern durch das überlieferte Brauchtum. Das Mosaische Gesetz billigte nicht einmal die Vielehe; es duldete sie lediglich als unvermeidliche Gegebenheit. Aber es lieferte keinen Hinweis darauf, wer die Führung in einem Haushalt mit mehreren Frauen übernehmen sollte.

Nur an einer Stelle sagte das Gesetz etwas zu dem Recht von Ehefrauen – oder vielmehr von deren Kindern. Abigail hörte einmal, wie ein Priester es erklärte: „Wenn ein Mann zwei Frauen hat, die eine geliebt, die andere ungeliebt, und beide haben Söhne, soll der Erstgeborene der Erbe sein, *selbst wenn er der Sohn der ungeliebten Frau ist.*" Demnach würde Ahinoams Sohn Thronfolger werden, selbst wenn Abigail Davids Lieblingsfrau war.

Abigail fragte sich, wie Ahinoam dazu stehen würde. Und sogleich kam ihr der nächste Gedanke.

„Warum *ich*?", fragte sie. „Warum nicht Ahinoam, die Mutter deines Erstgeborenen?"

David lächelte und hielt sie fest in seinen Armen. „Ahinoam ist ... also ... Ahinoam schafft das nicht. Du, mein Liebes, verdienst die Ehre, Erste Frau zu sein. Du allein. Weil ich dich liebe."

„Und ich liebe dich", murmelte sie als Antwort.

Sie verstand, was er eigentlich meinte, und das hatte nichts mit Liebe zu tun. Das war wieder königlich gedacht.

Die Erste Frau würde, nach Davids Denkweise, den Haushalt des Königs führen. Sie hätte über die anderen Frauen und Kinder die Aufsicht zu führen. All die kleinlichen Eifersüchteleien, das Gerangel um Macht, das geschickte Lavieren jeder einzelnen, ihren Sohn auf den Thron zu bringen ... Nur eine starke Hand konnte einem König den Haushalt führen. Vielleicht hätte Michal das geschafft, doch David würde dies nicht zulassen. Ahinoam war unterwürfig und unfähig, anderen ihren Willen aufzudrücken.

War Abigail dazu fähig? Aus Davids Sicht, ja. Er hatte mitbekommen, wie diplomatisch sie die Dummheiten ihres früheren Mannes zum Guten gewendet hatte. Er wusste, welchen

Respekt und Gehorsam die Diener ihr entgegenbrachten. Für ihn war es die beste Wahl, Abigail zu seiner Ersten Frau zu machen.

Und so übernahm sie die Verantwortung. Sie übernahm sie, weil sie ihren Mann liebte. Er handelte königlich, und sein Ehrgeiz würde die Oberhand gewinnen. Und sie … sie würde ihm dabei helfen – einfach, weil er sie gebeten hatte.

Aber wieder kam ihr der Gedanke: Wie würde Ahinoam diese Entscheidung auffassen?

In den darauffolgenden Wochen entstand zwischen Abigail und Ahinoam eine echte Freundschaft. Abigail musste sich eingestehen, dass die andere Frau keine Bedrohung für sie darstellte. Solange Ahinoam schwanger war, ging David nur kurz bei ihr vorbei, bevor er die Nacht in Abigails Haus verbrachte. Eigentlich wunderte sie sich, dass Ahinoam wegen dieser offensichtlichen Benachteiligung keinen Groll gegen sie entwickelte.

Ahinoams sonst so flacher Bauch schwoll an, in ihm regte sich Leben – sehr zur Freude der werdenden Mutter. Aber auch zu Abigails Freude. Sie verbrachten viele glückliche Stunden miteinander, betasteten das kleine Wesen, das so kräftig strampelte und sich bewegte, und sie rätselten: Junge oder Mädchen?

Ahinoam war sich sicher, dass es ein Junge war, und Abigail konnte dem nicht widersprechen. Wenn der Vater wirklich ein Auserwählter Gottes war, dann gehörte das auch zu Gottes Plan für Israel. Die Stammfolge war damit festgelegt – durch Ahinoam, nicht Abigail.

Abigail empfand keinen Groll, keine Eifersucht. Mutter des Thronerben zu sein – es erschien ihr nicht erstrebenswerter zu sein als die glückliche Liebe zu ihrem Ehemann. Und außerdem, sagte sie sich, wollte sie gar nicht die Mutter eines künftigen Königs sein. Da würde es in der Zukunft bestimmt viel Kummer und Sorge geben.

Andererseits – wie würde die Zukunft für sie wohl aussehen … als Erste Ehefrau im Hause eines Königs?

9

Noch bevor Ahinoams Baby zur Welt kam, empfing auch Abigail.

In Davids jungenhafter Begeisterung spiegelte sich sein königlicher Ehrgeiz. „Jetzt werde ich zwei Söhne haben!“, rief er. „Zwei Jungen, die für den Fortbestand meines Herrscherhauses sorgen!“

„Und wenn es ein Mädchen wird?“ Abigail konnte ihre Belustigung kaum verbergen. „Das soll vorkommen, weißt du.“

„Nicht bei dem Gesalbten des Herrn! Nicht bevor meine Dynastie gefestigt ist. Dann werde ich auch ein paar Töchter haben, die ich dann mit Königen von Nachbarstaaten verheiraten kann.“

Abigail lachte und teilte seine Fröhlichkeit. Doch sie wusste, dass für David Frauen und Kinder nur den einen Zweck hatten: sein Königtum abzusichern.

Ahinoams Zeit rückte näher, und sie bekam wirklich einen Sohn: Amnon.

„Ich habe den Namen mit David abgesprochen“, vertraute sie Abigail eines Tages an. „Wir haben uns beide für Amnon entschieden.“

Abigail lächelte. Sie kannte sowohl Ahinoam als auch David und konnte sich vorstellen, wie das Gespräch verlaufen war. Mit seinem entwaffnenden Charme konnte David seine Frau in dem Glauben lassen, es sei eine gemeinsame Entscheidung gewesen, während David sehr wahrscheinlich schon im Voraus entschieden hatte, wie das Kind heißen sollte. „Und warum hast du Amnon ausgesucht?", fragte sie. Der Name bedeutete „treu".

„Weil wir wollten, dass dieses Kind immer daran erinnert wird, Gott treu zu sein, weil es eines Tages der Gesalbte sein wird. Du weißt, was mit König Saul passiert ist, als er sich von Gott abwandte. Gott hat ihn im Stich gelassen."

Abigail nickte. Das war typisch David. Aber vielleicht verbarg sich für ihn noch eine andere Bedeutung in dem Namen: Er wollte sicher auch, dass der Junge seinem Vater treu ergeben war und nie etwas tat, was den rechtmäßigen König Israels bestürzte oder schwächte.

Als das neue Leben in Abigail heranwuchs, kam David weniger häufig zu ihr. Seine Beutezüge bei den Amalekitern im Süden beanspruchten ihn. Wenn er sie allerdings besuchte, erfreute er sie mit Humor, guter Laune und Zärtlichkeit. Am meisten genoss sie seine Besuche, wenn er mit ihr, wie Ahinoam es nannte, über „Männerthemen" sprach. Wenn Abigail dann ihre Meinung darbot, hörte David aufmerksam zu.

„Wir haben gestern die Girsiter überfallen", sagte er ihr eines Tages. „Sie sind ein primitives Volk, nicht verwandt mit den Amalekitern. Keine großartige Beute, aber sie hatten eine widerstandsfähige Ziegenrasse, die wir unserer Herde hinzugefügt haben."

Abigail machte ein ernstes Gesicht. „Warst du in Gefahr?"

„Nein. Sie sind nur ein kleiner Stamm und kaum entsprechend ausgebildet, gegen unsere Krieger zu kämpfen." David lächelte nachsichtig. „Aber du brauchst dir doch keine Sorgen um mich zu machen, Liebes."

„Tue ich aber. Ich möchte nicht, dass dem Vater meines Kindes etwas zustößt."

„Keine Sorge. Denk dran, ich bin Jahwes Gesalbter. Gott hat Zukunftspläne für mich." Er warf einen liebevollen Blick auf ihren Leib. „Und für unseren Sohn."

„Was hast du König Achisch heute erzählt?"

Mehrere Monate lang, seit sie unter König Achischs Schutz in der Philisterstadt Ziklag lebten, hatte David den Eindruck erweckt, gegen die Israeliten, statt gegen die Kanaaniter zu kämpfen. König Achisch musste glauben, David habe als Ausgestoßener alle Brücken zu seinem eigenen Volk abgebrochen und lebe jetzt als unabhängiger König unter der Lehnsherrschaft der Philister.

David lachte in sich hinein. „Ich habe ihm erzählt, wir hätten das Volk von Jerachmeel angegriffen. Das hat er geglaubt."

Das Volk von Jerachmeel waren Keniter, die bei dem Auszug Israels aus Ägypten mitgekommen waren. Viele hielten sie für Israeliten, auch König Achisch.

„David, und wenn König Achisch die Wahrheit über deine Beutezüge erfährt? Er ist ja nicht dumm."
„Schlecht möglich." David strich mit Daumen und Zeigefinger über sein Kinn. „Es hat niemand überlebt, der es ihm erzählen könnte."
Abigail schüttelte sich. Ihr zartfühlender, jungenhafter Ehemann – ein abgebrühter Totschläger? Er zögerte offenbar nicht, die Ausrottung aller Bewohner einer Stadt anzuordnen, die er gerade eingenommen hat. Frauen. Kinder. Säuglinge. Aber sie wusste, dass es so war. Jeder wusste es – außer König Achisch. Wie schwer fiel es ihr doch, sich an den Gedanken zu gewöhnen!

Die Zeit für Abigails Niederkunft rückte näher. An einem kalten Regentag brachte sie ein wunderschönes Kind zur Welt. Einen Jungen, sehr zu Davids Freude.
„Gelobt sei Gott!", rief David, als er seinen Sohn zum ersten Mal auf dem Arm hatte. „Gott hat mich gerichtet, und ich bin gerechtfertigt."
Abigail starrte ihren Mann an. Was meinte er damit? War das lediglich eine fromme Äußerung eines Menschen, der fest an Gott glaubte, oder war hinter seinen Worten etwas anderes verborgen?
Sie wollte ihn gerade fragen, als er ihr das Kind plötzlich auf die Knie legte. Die Sitte, dem Kind auf den Knien der Mutter einen Namen zu geben, reichte weit in die Geschichte Israels zurück. Es war ein bedeutender Augenblick.

Sie hatten den Namen des Kindes nicht abgesprochen. Als Abigail ihr Kind zum ersten Mal gesehen hatte, beschloss sie, „Kilab“ vorzuschlagen, das bedeutete „dem Vater ähnlich“. Das Kind war hell, heller als viele Israeliten. Auch heller als Amnon, der die dunkle Gesichtsfarbe seiner Mutter geerbt hatte.

Es gab allerdings noch einen Grund, das Kind Kilab zu nennen. Seit ihrer Heirat mit David war etwa ein Jahr vergangen. Davids Feinde – und davon würde es in Zukunft viele geben – würden sicher liebend gern behaupten, das Kind könne genauso gut der Sohn von Kenas aus Karmel, Abigails früherem Ehemann, sein. Doch der Name Kilab würde ihnen sagen: *Schaut ihn euch doch nur an. Dann wisst ihr, wessen Sohn er ist.*

Und jetzt lag das Kind auf ihren Knien, gehalten von Davids starken Händen. Die Zeit war gekommen, ihm einen Namen zu geben. Nach einer alten Sitte hatte die Mutter das Recht, den Namen auszuwählen.

„Sein Name ist Kilab“, sagte Abigail sanft.

„Nein, Liebes.“

Davids Lächeln war aus seinem Gesicht verschwunden. Kalt blickte er sie an. „Sein Name ist Daniel.“

Abigail nickte. „Sein Name ist Daniel“, gab sie wie ein Echo zurück.

Der Name bedeutete „Gott ist mein Richter“. Abigail fielen die rätselhaften Worte wieder ein, die David gesprochen hatte, als er den Jungen auf dem Arm hatte. „Gott hat mich gerichtet, und ich bin gerechtfertigt." Jetzt glaubte sie zu verstehen.

Seit ihrer Heirat hatte David immer wieder Andeutungen gemacht, wie unbehaglich ihm dabei war, dass er die Frau eines Mannes geheiratet hatte, den zu töten er geschworen hatte. Laut und vernehmlich hatte er gesagt, dass Gott es war, der Nabal getötet hatte. Niemand bestritt das, aber es gab doch immer wieder Gerüchte – und die machten David sehr zu schaffen. Vielleicht weil er sich selbst verantwortlich für Nabals Tod fühlte, spiegelte sich sein Unbehagen in dem Namen wider, den er dem Sohn von Nabals Witwe gab.

Davids Schuldgefühle waren nicht gerechtfertigt, das wusste Abigail. Kenas war eines natürlichen Todes gestorben; oder vielmehr hatte seine eigene Zügellosigkeit zu seinem Tode geführt. Aber die Schuldgefühle eines Menschen, ob gerechtfertigt oder nicht, können greifbar sein und ihn umtreiben. Und indem er sein Kind Daniel nannte, wollte David die Last der Schuld etwas erleichtern.

Eines Abends wirkte David unruhig und besorgt. „Ich glaube, Achisch misstraut mir", begann er.

Abigail nickte. Diese Nachricht überraschte sie nicht. Sie vermutete schon längst, der Philisterkönig würde früher oder später herausbekommen, dass David nicht Krieg gegen Israel führte, sondern nur die Stämme im Süden überfiel.

„Und was macht er jetzt?“, fragte sie.
David zuckte die Achseln. „Nichts, vermute ich. Wir sind als Verbündete zu stark, als dass er uns angreifen könnte. Aber … da gibt es noch etwas.“
„Was, mein Ehemann?“
David zupfte mit Daumen und Zeigefinger am Kinn herum. „Er plant, in Kürze – nach der Schafschur – einen Feldzug gegen Saul zu unternehmen. Er möchte, dass unsere Leute in seiner Armee kämpfen.“
Abigail betrachtete ihren Mann aufmerksam.
„Das bedeutet, eine Schlacht gegen Jahwes Gesalbten zu führen“, murmelte sie.
David nickte mit ernstem Gesicht. „Und ich kann auf keinen Fall ablehnen.“
Abigail berührte seine Hand. „Was willst du jetzt tun?“
David lachte, wobei auf seinem Gesicht wieder die alte jungenhafte Kühnheit auftauchte. „Wir werden natürlich mit ihm ziehen.“ Seine Worte kamen ihm leicht und sorglos über die Lippen. „Und auf Jahwe vertrauen, dass er uns hilft.“
„Und wenn nicht?“
David wandte sich um und schaute auf den Säugling, der in seiner Wiege friedlich schlummerte. „Er wird es tun.“
Sanft schaukelte er das Bettchen. „Das hat er bisher immer getan. Warum denn jetzt nicht?“

In den folgenden Tagen bereiteten sich die Männer fieberhaft auf den Aufbruch vor. Die Schafe wurden früh geschoren. Die Frauen freuten sich schon darauf, die Wolle zu Garn zu verspinnen und für ihre Männer Kleidung zu weben. Zumindest wären sie dann an den einsamen Tagen, die ihnen bevorstanden, beschäftigt.

Zu ihrem Schrecken erfuhr Abigail, dass fast alle Männer aus Davids Armee mit König Achisch ziehen würden. Für die Bewachung der Stadt blieb nur eine kleine Schar von dreißig Männern zurück. Das war zwar nicht so schlimm – die Stadtmauern waren stark, und vor den Stämmen in ihrer Umgebung hatten sie nichts zu befürchten. David hatte sie bei seinen Beutezügen im letzten Jahr stark geschwächt. Trotzdem hatte Abigail eine böse Vorahnung, als die Männer aus der Stadt marschierten. Sechshundert Krieger, gut ausgebildet, kampferprobt – eine starke Macht gegen jeden Feind. Und hinter ihnen? Eine Stadt voller Frauen und Kinder, nackt und verletzlich. Eine starke Mauer. Massive Tore. Davids Ruf, rasch und unbarmherzig zurückzuschlagen, wenn jemand angreifen sollte.

Und natürlich Jahwe.

Abigail seufzte. Wenn sie doch genauso viel Gottvertrauen hätte wie ihr Mann.

10

Abigail wachte jäh auf. Jemand hatte geschrien. Oder gerufen? Sie hörte es schon wieder. Von draußen, irgendwo in der Stadt. Das Rufen eines Mannes. Und das Schreien einer Frau.

Sie erhob sich von ihrem Lager, kleidete sich hastig an. Was war los? Kehrten die Männer schon zurück? Aber sie waren doch erst seit zwei Wochen weg.

Eine eiskalte Hand griff ihr nach dem Herzen, als es ihr dämmerte: Die Stadt wurde angegriffen … schlimmer noch: erobert! Der Feind – wer auch immer das sein mochte – war schon innerhalb der Stadtmauern!

Sie nahm ihren schlafenden Säugling und trat in den Hof. Im Dunst des frühen Morgens sah man, dass das Tor ihres Hauses geschlossen und verriegelt war, doch das würde einen entschlossenen Feind nicht aufhalten. Das Haus war nicht für den Verteidigungsfall gebaut. Was sollte sie nur tun?

Jarib, mit einem Speer in der Hand, kam aus dem Haus. „Jarib, bitte, nimm den Speer herunter. Du kannst nichts gegen sie ausrichten. Du wirst höchstens selber umgebracht."

„Nein, Mutter Abigail. Ich …"

Von außerhalb der Tore drangen Stimmen herein. Aufgeregte Stimmen, unverständliches Kauderwelsch. Jarib hielt den Speer ausgestreckt und trat vor Abigail. Vom Tor her hörte man ein Krachen, dann noch einmal. Der zerbrechliche Riegel barst; die Tore flogen auf.

Etwa zehn Männer strömten von der Straße herein. Sie waren kleinwüchsig, trugen einen dichten Bart, Tierfelle und Beinkleider. Bewaffnet waren sie mit Schwertern und Schleudern.

Jarib trat ihnen tapfer entgegen, doch sein Mut allein reichte nicht. Ein Stein aus einer Schleuder streckte ihn nieder, ein Schwert durchbohrte ihm die Kehle. Entsetzt musste Abigail ansehen, wie der treue Diener vor ihren Füßen starb.

Grinsend umzingelten die Männer sie. Einer war offenbar ihr Anführer, er gab Anweisungen in einer fremden Sprache. Mehrere Krieger gingen ins Haus. Sie kamen fast unverzüglich wieder heraus und zerrten Schua mit sich. Erleichtert bemerkte Abigail, dass sie angezogen war.

Der Anführer erteilte weitere Befehle. Vier Männer griffen Abigail und Schua am Arm und schoben sie durch das aufgebrochene Tor hinaus. Abigail wandte sich um und konnte einen Blick auf die Männer werfen, die ins Haus gingen – vermutlich, um es auszuplündern.

Draußen auf der Straße stellte sie fest, dass sie nicht die einzige Gefangene war. Entlang der Straße standen ganze Scharen von Frauen und Kleinkindern, die gefangen genommen worden waren. Ihr Schreien und Klagen ebbten bei Abigails Anblick etwas ab.

Wo war Ahinoam? Und ihr Sohn Amnon, Davids Erbe? Richtig, dort – unter den anderen Frauen und Kindern. So wie es aussah, waren sie unverletzt.

Männer konnte sie unter den Gefangenen keine entdecken. Offenbar hatte der Befehl gelautet, alle Männer in der Stadt zu töten und die Frauen und Kleinkinder gefangen zu nehmen.

Während sie aus der Stadt hinausgetrieben und vorwärts gestoßen wurden, überschlug Abigail die Zahl der Gefangenen. Insgesamt waren es siebenhundert Frauen, Ehefrauen oder Dienerinnen von Davids Männern.

Sie sollte die Führung übernehmen, sagten die Blicke der anderen. Abigail drückte den kleinen Daniel fest an sich und reckte den Kopf hoch.

„Mut, Freunde", sagte sie so ruhig sie nur konnte. „Wir müssen ihnen zeigen, aus welchem Holz Israels Frauen geschnitzt sind."

Ihre Worte schienen die anderen zu beruhigen. Selbst die Kinder hörten auf zu wimmern.

Ungefähr hundert Schritte von der Stadt entfernt ließen die Bewacher den Zug anhalten. Abigail beobachtete, wie mehr und mehr Krieger, beladen mit Beutestücken, aus den Stadttoren herausquollen. Manche hatten sich die Zeit genommen, Ochsen vor Karren zu spannen, die mit Wertsachen

beladen waren. Davids Männer hatten bei ihren vielen Überfällen im Süden beträchtliche Reichtümer angesammelt. Bald stand eine Rauchsäule über der eroberten Stadt.
Dann setzte sich der Zug in Richtung Süden in Bewegung. Abigail schätzte rund fünfhundert Männer, wobei sie nicht alle sehen und somit nicht genau zählen konnte. Hinter ihnen zogen die Ochsenkarren ihre neuen Reichtümer, dahinter wirbelten die Schaf- und Ziegenherden dicke Staubwolken auf.
Wer waren diese Plünderer? Vermutlich Amalekiter. David hatte oft von seinen Feinden gesprochen und sie als Wilde beschrieben, die sich mit Fellen bekleideten. Obwohl er ihre Dörfer ausgeplündert hatte, waren noch so viele übrig, dass die Überlebenden offensichtlich ein Zweckbündnis geschlossen hatten, um Ziklag anzugreifen und dem Israeliten, der sie so lange gequält hatte, einen Schlag zu versetzen.
Hatten sie erfahren, dass die Stadt zur Zeit von Davids Männern verlassen und somit verwundbar war? Bei diesem Gedanken legte Abigail die Stirn in Falten. Wenn ja, wer hatte es ihnen verraten? Konnte es König Achisch gewesen sein? Seine Zweifel an Davids Loyalität hatten ihn womöglich vom Verbündeten zu einem heimtückischen Feind gemacht.
Die Reise nach Süden dauerte mehrere Tage. Glücklicherweise ließ der Anführer der Wilden starke Führungsqualitäten erkennen; die Frauen und Kinder wurden respektvoll behandelt. Es schauderte Abigail bei dem Gedanken, was

passieren könnte, wenn die Krieger ungezügelt über die Gefangenen herfallen dürften.

Die Wanderung wurde beschwerlicher, als sie sich durch das karge Hügelland vorarbeiteten. Jede Nacht ließ der große Treck sich an einem einsamen Fleck nieder. Die Frauen durften Feuerholz sammeln, dann wurden mehrere Tiere aus der Herde geschlachtet und zubereitet. Wasser gab es zum Glück reichlich. Sie dachten sich eine Methode aus, Wasser herbeizuschaffen und sich irgendwie über den langen Reisetag zu retten.

Die kalten Nächte waren eine Qual, bis Abigail schließlich Gruppen zusammenstellte, die sich dicht aneinander um kleine Feuer kauerten. Doch sie überlebten – trotz aller Strapazen, die sie täglich ertrugen. Abigail musste all ihre Kraft und Entschlossenheit aufwenden, um ihr Gefangenenlager zu ermutigen – abgesehen von ihrem eigenen Sohn, um den sie sich kümmern musste.

Ahinoam war keine Stütze – ganz im Gegenteil. Ihr Jammern und Klagen gab den anderen Müttern, die ja in derselben Notlage waren, ein schlechtes Beispiel. Und so stellte sie Abigails Geduld auf eine harte Probe. Nur durch die ständige Ermahnung, dass Ahinoam für ihr Kind – und somit für Davids Erben – verantwortlich war, konnte Abigail sie davor bewahren, ganz aufzugeben.

Den Gefangenen war ein Sklave der Amalekiter zugeteilt worden, der dafür sorgen sollte, dass sie bekamen, was sie brauchten. Jeden Abend, wenn sie ihr Lager aufschlugen, trieb er ein paar Ziegen oder Schafe oder Rinder herein und half beim Schlachten und Kochen. Abigail beschloss, Freundschaft mit ihm zu schließen.

Der Junge war gut zehn Jahre alt und genauso verwahrlost und schmutzig wie die Amalekiter. Sein bartloses Gesicht war verschmiert; sein langes, stumpfes Haar roch nach Dung. Als Abigail ihn ansprach, murmelte er nur ein paar unverständliche Worte und wandte sich ab.

„Er spricht Ägyptisch, Mutter Abigail", flüsterte Nefera bath Heleb, die Frau eines der Krieger Davids. Sie war in Ägypten aufgewachsen.

„Dann rede mit ihm", sagte Abigail. „Finde seinen Namen her aus.

Nefera und der Sklavenjunge sprachen kurz miteinander. Dann wandte sich die Frau wieder an Abigail: „Er heißt Tutamon. Er ist Sklave der Amalekiter seit seiner frühesten Kindheit. Seine ägyptischen Eltern haben ihn in die Sklaverei verkauft."

„Rede weiter mit ihm", flüsterte Abigail. „Versuch mal, ob du sein Vertrauen gewinnen kannst. Irgendwann einmal könnte er uns noch nützlich werden."

Und so entstand eine Freundschaft zwischen Nefera und Tutamon. Sie bemutterte ihn, und der Junge ließ sich darauf ein.

Als die Bindung noch enger wurde, gab Abigail Nefera die

Anweisung: „Sag ihm, er soll ausreißen und nach Ziklag flüchten. Da soll er auf David warten. Dann wird David erfahren, was uns zugestoßen ist, und uns retten. Sag ihm, er bekommt eine gute Belohnung."
Nefera war gleich einverstanden, denn sie sah das als einzige Hoffnung, vor der Sklaverei bewahrt zu werden, die sie sich in den schwärzesten Farben ausmalte. *Ihre Ängste sind berechtigt,* dachte Abigail bei sich. Ihre Lage war verzweifelt, und sie mussten entweder bald etwas tun oder sie wären für immer verloren.
Am nächsten Abend bemerkten die Frauen, dass ein anderer Sklave der Amalekiter das Vieh ins Lager trieb. War der Junge wohl geflohen? Oder hatte man ihn eingefangen und getötet? Das konnten sie nicht herausfinden, doch bei den Gefangenen kam Hoffnung auf. Sie brauchten einen Strohhalm, an den sie sich klammern konnten.

Der Zug nach Süden dauerte fast einen Monat. Nicht die Schaf- und Ziegenherden verlangsamten das Tempo, sondern die Frauen selbst. Sie fanden immer wieder Gründe für einen Aufenthalt: ein krankes Baby, ein schwaches Kind, Müdigkeit … Die Amalekiter schrien sie an und schlugen sie auch manchmal mit Stöcken. Doch Abigail bemerkte, dass sie nichts taten, um ihre Gefangenen ernsthaft zu verletzen. Man wollte sie für die spätere Aufteilung schonen, mutmaßte Abigail. Wieder war sie von den Führungsqualitäten ihres

Anführers beeindruckt, aber ebenso erschreckte sie der Gedanke an ihre Zukunft.

Abigail versuchte sich vorzustellen, wann David sie wohl retten konnte. Wie lange würde der Krieg gegen König Saul dauern? Ein Jahr? Das wäre zu spät. Bis dahin wären die Frauen schon zugeteilt und eingegliedert – oder gar von Amalekitern geschwängert.

Wenn sie doch bloß herausbekommen könnten, ob der Sklave Tutamon lebend entkommen war und Ziklag erreicht hatte. Die Stadt war gewiss ausgebrannt und zerstört; wovon sollte er leben, bis David nach Hause kam? Die Aussicht, rechtzeitig gerettet zu werden, war gering, doch sie hielt daran fest.

Trotz ihrer Ängste blieb sie nach außen hin fröhlich. Jeden Tag, erzählte sie den Frauen, könnten Davids Leute ihre Entführer angreifen und sie befreien. Jeden Tag. Davids Armee war ihnen sicher schon auf den Fersen.

Das war eine Lüge, und sie wusste es. Es gab kaum eine Chance auf Rettung. Sie waren zu einem Leben in der Sklaverei verdammt. Es gab keine Möglichkeit, diesem Schicksal zu entfliehen.

Es sei denn … es sei denn …, der Herr wäre wirklich bei ihnen!

Dieser Gedanke machte ihr Mut. Sie war die Frau von Gottes Gesalbtem. Gott, versicherte David immer wieder, war auf besondere Weise bei ihm. Durch seine Nachkommen würde eine Dynastie gegründet. Das Haus David. Künftige Generationen, versicherte David, würden sich Rat und Segen vom Haus David erbitten. Dies hatte Jahwe vor vielen Generationen ihrem Stammvater Abraham versprochen. Und Jahwe würde an seinem Bund festhalten.

Wirklich?

Abigail schaute sich die heruntergekommenen Gefangenen an, geschwächt von der langen Reise, entmutigt bei dem Gedanken an eine düstere Zukunft. Zweifel stiegen in ihr hoch. Auch Jahwe konnte der herannahenden Lawine des Schicksals keinen Einhalt gebieten. Sie alle waren verdammt.

Jahwe, schrie es in ihrem Innern, *zeig uns deine Stärke! Gib uns Mut! Und rette uns, bevor es zu spät ist …*

11

„Oh, Mutter Abigail, was sollen wir bloß tun? Wie wird es mit uns weitergehen?"

In Ahinoams Wehklage schwang die Verzweiflung eines Menschen mit, der ganz aufgegeben hatte. Für Abigail war es nur ein schwacher Trost, dass sie mit „Mutter Abigail" angesprochen wurde. Alle Frauen nannten sie inzwischen so. Für alle – selbst für Ahinoam – war sie jetzt die „Erste Ehefrau".

Abigail bemühte sich sehr, ihrer Stimme einen festen Klang zu geben. „Jeden Tag können David und seine Männer kommen. Haltet nach ihnen Ausschau."

Sie wusste, dass es nicht stimmte, doch die Worte beruhigten die Frauen. Abigail selbst hatte die Hoffnung aufgegeben, doch sie wollte sich nichts anmerken lassen.

Wann?

Abigail seufzte. In den letzten Tagen hatte sie diese Litanei schon so oft zu hören bekommen.

„Der junge Tutamon, dieser ägyptische Sklave, ist vor vier Wochen geflohen, also etwa eine Woche nach unserer Gefangennahme."

Vermutlich ist er nicht lebend herausgekommen. Die Amalekiter haben ihn gewiss getötet.

„Was wir in einer Woche von Ziklag aus zurückgelegt haben, hat er in ein paar Tagen geschafft."

Aber er ist noch ein Junge. Er kann in der Wüste doch gar nicht überleben.

„Dann werden unsere Männer wohl in zwei, drei Wochen zurückkehren."

Oder in einem Jahr.

„David und seine Männer werden uns gleich hinterherkommen. Sie brauchen für diese ganze Strecke nur ein paar Tage. Also können sie jeden Tag hier aufkreuzen."

Das ist unmöglich. Ja, das wäre sogar ein Wunder.

„Vergesst nicht: David ist Jahwes Gesalbter. Gott ist auf besondere Weise bei ihm. Du, Ahinoam, hältst den Thronfolger Israels auf deinem Arm. Glaubt es. David wird kommen."

Glaubt es. Glaubt es. Na klar, wenn ich es oft genug sage. Und – glaube ich etwa daran?

Sie waren an ihrem Ziel angekommen – einer einsamen Oase in der Negeb-Wüste, fernab von den südlichsten israelitischen Siedlungen. Offenbar war es auch der Ausgangsort der Amalekiter gewesen, denn hier erwarteten sie ihre Familien. Die Oase war nicht groß genug für alle Menschen und Tiere – also würde man die Gefangenen und die Beute so bald wie möglich aufteilen und dann auseinandergehen. Bald. Sehr bald. Gleich nach der Feier.

Die Männer feierten jetzt. Wein, den sie erbeutet hatten, floss reichlich. Die Krieger machten sich mit einer Unbekümmertheit an das sorgsam gehütete Getränk, die erkennen ließ, dass sie mit starken Getränken nicht vertraut waren. Hatte ihr Anführer sie noch im Griff? Oder war auch er betrunken?

Abigail schob ihre Verzweiflung beiseite, als ihr aufging, wie bald sie unter ihren Entführern aufgeteilt würden. Oder würden die Männer gleich, noch während des Gelages, über sie herfallen? Sie musste etwas tun. Jetzt gleich.

Sie mussten sich aus der Sichtweite der Männer entfernen. Wenn es auch nicht viel half … Aber vielleicht würden die Krieger sie im Rausch für eine Weile vergessen.

Die ganze Beute war in der Nähe der Frauen aufgestapelt – vermutlich wollten die Männer sie morgen verteilen, wenn sie sich von ihrem Feiern erholt hatten. Vielleicht konnten die Frauen sich hier unsichtbar machen.

„Versteckt euch“, befahl sie ihnen. „Da drüben, zwischen dem Gepäck. Holt euch Decken. Bleibt außer Sichtweite. Wenn sie uns nicht sehen …“

„Aber, Mutter Abigail, das wird sie nicht hindern. Wenn sie uns heute nicht finden, dann eben morgen.“

„Bis morgen sind wir womöglich schon gerettet.“

„Glaubst du? Woher weißt du das?“

Weiß ich doch gar nicht. Vielmehr bin ich ziemlich sicher, dass es nicht so sein wird.

„Weil Jahwe bei uns ist. David wird kommen.“

„Wann?“
„Heute Nacht.“
Sicher glaubten sie ihr nicht, aber sie taten, wie Abigail ihnen sagte. Mehrere hundert Frauen konnten sich nicht lange versteckt halten, aber die Nacht war dunkel und ihre Entführer betrunken. Ihre Tarnung konnte ihnen eine weitere Nacht schenken, bevor … bevor …
Sie mochte gar nicht daran denken.
Das Gepäck mit den kostbaren Dingen, die David im Laufe der Jahre angesammelt hatte, nahm viel Platz ein. Ein Teil davon war noch in den Wagen, aufgestapelt mit edlen Stoffen, Gewürzen, Glasgefäßen, handgeschnitzten Möbeln, Schmuck, gemusterten Teppichen und Wandteppichen. Vielleicht sogar Waffen.
Waffen!
Abigail war verwirrt, als sie neben ihrem Ruheplatz für die Nacht ein Schwert in einem Wagen entdeckte. Natürlich zur Zierde. Am Griff Edelsteine. Die Klinge aus Bronze, nicht aus Eisen. Es sah wertvoll aus, war aber bei einem Kampf gegen Eisenwaffen kaum von Nutzen. Trotzdem nahm sie es an sich und behielt es in ihrer Nähe.
Sie konnte unmöglich schlafen bei dem Gedanken, was sie erwartete, wenn die Männer ihre Feier beendet hatten und wieder nüchtern waren. Aber wenn sie etwas ruhen konnte, hätte sie vielleicht eher die Kraft, sich dem Unvermeidlichen zu stellen.

Ruhen – das war allerdings kaum möglich, denn der Lärm der Feier wurde immer lauter. Sie befahl sich selbst, ihn zu überhören, an etwas anderes zu denken. Ihr kleiner Daniel lag friedlich schlummernd neben ihr. Daniel … Kilab … Beide Namen waren ihr recht. „Gott hat gerichtet." „Wie sein Vater." Ehrenvolle Namen. Namen für den Sohn eines Königs. Der Sohn von Gottes Gesalbtem. Gottes Gesalbter …
Von der Feier drang noch mehr Lärm herüber. Unterschiedlicher Lärm. Rufen und Schreien. Das war kein fröhliches Fest – irgendetwas passierte da.
Sie stand auf, nahm ihr Kind hoch. Dann ging sie, noch immer mit dem Zierschwert in der Hand, an den Rand des Beutebergs. Sie spähte durch die Dunkelheit zu dem großen Feuer neben dem Tümpel, der von der Quelle in der Oase gespeist wurde, wo die Amalekiter zechten. Im flackernden Lichtschein sah sie, wie sie rannten, sprangen, kämpften. Kämpften? Was ging da vor?
Auf einmal wusste sie es! Die Amalekiter wurden angegriffen. Von einem Feind angegriffen. Und dieser Feind war …
David!
„Gelobt sei Gott!", rief sie und schwang das Zierschwert.
Um sie herum sammelten sich andere Frauen. Als ihnen dämmerte, was los war, fingen sie an zu lärmen. Einige fielen auf ihre Knie, schluchzten und beteten. Andere umarmten sich, weinten und brüllten gleichzeitig.
David war da! Gottes Gesalbter hatte sie gerettet!

Plötzlich erstarrte Abigail. Da kam jemand auf sie zu – ein Mann. Ein Amalekiter. Er torkelte. Im Mondschein konnte sie erkennen, dass sein Gesicht blutig war. Er hielt ein Messer in der Hand.

Dann erkannte sie ihn. Es war der Anführer, der die Amalekiter bei ihrem Zug nach Süden mit so starker Hand geführt hatte. Jetzt funkelten seine Augen vor Zorn. Selbst in der Dunkelheit erkannte sie seine wilde Entschlossenheit, als er auf sie zu stapfte.

Er war gekommen, um sie zu töten!

Abigail konnte sich nicht rühren. Sie würde sich nicht rühren. Sie war zornig. Die Angst war verflogen. Der Jubel über die Rettung, ja der kalte Zorn war an die Stelle der entsetzlichen Verzweiflung getreten. Wut – Wut auf diesen Mann, auf alle Amalekiter. Mit einer Hand hielt sie ihren Sohn fest an sich gedrückt. In der anderen war das Zierschwert …

In den Tagen und Jahren danach fiel ihr nie wieder alles ein, was in diesen gefühlsgeladenen Augenblicken geschah. Ein Bild – und nur dieses eine – behielt sie im Gedächtnis: Der Anführer lag auf dem Boden, das Schwert im Bauch. Tot. Hatte sie ihn getötet? Nie würde sie es erfahren. Gott hatte diese Augenblicke gnädig aus ihrem Gedächtnis gestrichen.

12

Das Wiedersehen mit David war herzlich und zärtlich. Normalerweise zeigte ein israelitischer Mann seine Gefühle gegenüber Frauen nicht in der Öffentlichkeit, doch David umarmte sie. Aus Erleichterung darüber, Abigail und Ahinoam unversehrt anzutreffen, traten ihm gar Tränen in die Augen. Liebevoll küsste er seine Söhne und ließ keine Bevorzugung erkennen.

Die Anstrengungen der letzten Wochen standen David ins Gesicht geschrieben. Seine sonst eher heitere Miene wirkte zerfurcht und düster, Haare und Bart waren ungekämmt und ungeölt. In scharfem Ton gab er seinen Männern Anweisungen.

Und auch jetzt konnte er sich noch nicht entspannen. Nach einem kurzen Beisammensein mit der Familie bereitete er alles für den Rückweg vor. An den folgenden drei Tagen sah Abigail kaum etwas von ihm.

Schließlich traten sie Schritt um Schritt den Rückweg nach Ziklag an. Zu Abigails Erleichterung war die Reise diesmal bedeutend weniger anstrengend, denn Frauen und Kinder fuhren in Wagen. Außerdem wurde ihnen wärmere Klei-

dung für die kalten Nächte zur Verfügung gestellt, und sie schliefen in Zelten.
Die Rückreise dauerte einen Monat. Diesmal lag das langsame Tempo an den Schaf- und Ziegenherden, die geschont werden sollten. Während die Amalekiter die Tiere so schnell wie möglich vorangetrieben hatten, um den Abstand zu eventuellen Verfolgern zu vergrößern, trieben die Israeliten die Herden nur langsam vorwärts und stellten sicher, dass es immer ausreichend Weide und Wasser gab.
Unterwegs erkundigte sich Abigail bei David und den anderen Männern, was inzwischen alles passiert war – und warum die Hilfe so schnell möglich wurde.
„Wir sind bereits vier Wochen nach unserem Aufbruch wieder nach Ziklag zurückgekehrt", erzählte ihr David. „Du kannst dir vorstellen, wie wir uns gefühlt haben, als wir die Stadt ausgebrannt vorfanden und unsere Familien verschwunden waren."
Abigail nickte. Sie konnte sich die tiefe Verzweiflung und das Leid ausmalen – besonders für die Männer, die sich auf ein Wiedersehen mit ihrer Familie gefreut hatten. Erst später erfuhr sie, dass die Männer so enttäuscht waren, dass sie – in ihrer wütenden Suche nach einem Sündenbock – sogar David umzubringen drohten.
„Aber warum", fragte sie ihren Mann, „seid ihr so schnell nach Ziklag zurückgekehrt? Gewiss war doch der Krieg gegen König Saul nicht so kurz."

David lachte, obwohl seine Gesichtszüge ansonsten angespannt blieben. „Achisch wollte uns nicht. Er hat uns nach Hause geschickt."
„Dann hat er euch also doch nicht getraut?"
„Das war nicht Achisch. Das waren die anderen Philisterfürsten. Sie glaubten, wir würden uns gegen sie wenden, wenn wir in der Schlacht unseren eigenen Leuten gegenüberstünden. Sie hatten recht; ich hätte nicht gegen den Gesalbten des Herrn gekämpft – und unsere Männer empfanden genauso."
„Dann weißt du also noch nicht, wie der Feldzug der Philister gegen Israel ausgegangen ist."
„Nein. Und mir ist angst und bange, zurückzugehen und das herauszufinden."

Von Schamma ben Age, der seine Frau auf dem Heimweg öfter besuchte, erfuhr Abigail das Schicksal jenes ägyptischen Jungen Tutamon, der von seinem amalekitischen Herrn geflohen war, um David zu finden und Hilfe zu holen.
„Wir fanden den Jungen südlich des Baches Besor. Wir hatten die Verfolgung schon aufgenommen. Dieser junge Ägypter war uns zwar keine große Hilfe, aber wir waren doch sehr erleichtert, als er uns sagte, dass es euch gut geht."
Abigail atmete erleichtert auf. Ihr war der Junge mehr ans

Herz gewachsen, als ihr bewusst gewesen war. „Ging es Tutamon gut? War er den Amalekitern unverletzt entkommen?"

Schamma grinste. „Vor allem war er hungrig. Hatte drei Tage lang nichts gegessen. Der dumme Junge wusste nicht, wie man überlebt, ohne dass einen jemand füttert und die Nase putzt. Ja, er hatte kein Problem, seinem Herrn wegzulaufen. Er hatte sich krank und erschöpft gestellt, und der Amalekiter – der genauso dumm war wie der kleine Einfaltspinsel – glaubte ihm. Er schlug ihm daraufhin vor, er solle zurückbleiben und nachkommen, wenn es ihm besser gehe."

„Konnte er euch zeigen, in welche Richtung wir gezogen waren?"

„Das brauchten wir nicht zu erfragen. Die Spur war deutlich sichtbar. So viele Menschen, Gepäckkarren, Vieh – wir konnten die Spur nicht verfehlen. Aber als wir zu der Oase der Amalekiter kamen, war uns der Junge schließlich doch eine Hilfe. Er kannte sich in der Gegend aus und zeigte uns, wie wir uns anschleichen konnten, als sie feierten."

Ein paar Tage später besuchte Tutamon die Frauen und fand Abigail und Nefera, die Frau, die ägyptisch mit ihm gesprochen hatte. Wie Schamma schon bemerkt hatte, war der Junge nicht allzu intelligent. Er musste bemuttert werden. Und Nefera, die selber keine Kinder hatte, nahm ihn unter ihre Fittiche.

Sie brauchen einander, dachte Abigail bei sich. Bald würde er die israelitische Sprache erlernen, sich in ihre Kultur einfinden ... Und sicher würde ihm das Leben bei seinen neuen Herren besser gefallen.

Am Ende einer langen, ermüdenden Reise kamen sie zu Hause an. Zu Hause ... in den ausgebrannten Ruinen von Ziklag.

Obwohl Abigail wusste, dass die Stadt, die sie jetzt ihr Zuhause nannten, zerstört worden war – auf den gefühlsmäßigen Schock beim Anblick der Trümmer war sie doch nicht vorbereitet. Sie fühlte sich wie ein Waisenkind. Offenbar erging es den anderen Frauen genauso; das Jammern und Heulen um sie herum wollte gar nicht verstummen.

„Was sollen wir nur tun?", fragte sie David.

„Der Herr wird es uns zeigen", erwiderte er.

Immer eine fromme Antwort! Abigail blies die Backen auf. Selbst in den Zeiten größter Verzweiflung verlor ihr Mann nicht seinen tiefen Glauben. Normalerweise wusste sie das zu schätzen. Aber nicht heute. An diesem Tag, angesichts ihrer heimatlosen und unsicheren Zukunft, konnte sie den Glauben ihres Mannes nicht teilen.

Doch Gott zeigte ihnen tatsächlich, was sie tun sollten. Erst später dämmerte es Abigail, wie günstig der Zeitpunkt gewesen war für das, was dann geschah ...

Nachrichten sickerten durch über folgenschwere Kämpfe in Israel, irgendwo im Norden, in der Gegend des Berges Gilboa. Die Amalekiter, so wurde berichtet, hätten die israelitische Armee vollständig zerstört. Es gab Gerüchte, wonach König Saul tot sei, andere behaupteten, er und sein Sohn Jonathan seien geflohen. Niemand wusste es genau.

Bis der Amalekiter kam.

Davids Feldhauptmann führte den Amalekiter zu David, der gerade mit Abigail zu Mittag aß. Sie schauten zu, wie Joab den Gefangenen brutal auf die Knie zwang.

„Ich habe ihn nur deswegen nicht getötet, weil er das hier bei sich hatte", sagte Joab. Er zeigte David einen reichverzierten Helm und einen Armreif, beides aus Eisen mit Goldauflage und einer Verzierung aus Edelsteinen.

David schnappte nach Luft. „Wo kommst du her?", wollte er wissen und zeigte auf den Helm und den Armreif.

„Herr", antwortete der Mann in seiner unterwürfigen Haltung auf dem Boden. „Ich habe es vom Schlachtfeld."

„Was ist passiert?" Davids Stimme klang schneidend. „Sag mir, wie der Kampf verlaufen ist."

Abigail runzelte die Stirn. In den letzten Tagen waren schon andere Überlebende vom Schlachtfeld vor David erschienen, aber keiner hatte bei ihm eine solche Reaktion ausgelöst wie dieser Mann. Vielleicht lag es an dem Helm und dem Armreif.

„Herr." Der Mann schien Vertrauen zu gewinnen. Er reckte kniend seinen Oberkörper und schaute David in die Augen.

„Unser ganzes Heer wurde in die Flucht geschlagen. Wir …"

„Wessen Heer?"

„Äh … unseres. Das israelitische. Ich diene König Saul."

„Du sagst, die Israeliten wurden besiegt?"

„Ja, Herr."

„Wie schlimm?"

„Tausende unserer Männer wurden getötet oder verwundet. Sie …"

„Und der König? Und sein Sohn?"

„Tot."

„Woher weißt du das?"

Der Mann zögerte, fuhr dann aber fort: „Herr, ich war dabei. Auf dem Berg Gilboa. Ich sah Jonathan fallen. Dann sah ich den König. Er beugte sich über seinen Speer, als die Philister ihn in die Enge trieben. Er war verwundet. Und er hat mit mir geredet."

„Was hat er gesagt?"

„Er bat mich, ihn zu töten. Er hatte große Schmerzen und wollte schon tot sein, wenn die Philister ankamen."

„Und?"

„Also habe ich ihn getötet. Ich habe seine Krone und seine Armbinde mitgebracht."

Abigail zuckte zusammen. Der Mann – ein Amalekiter – gab also zu, den Gesalbten des Herrn getötet zu haben. Vor David. Er wusste nicht, wie David dazu stand. Vielleicht glaubte er sogar, er würde belohnt.

David starrte den Amalekiter ein paar Sekunden an. Dann nahm er seine Tunika und zerriss sie vom Hals bis zur Hüfte. Er brach in Tränen aus.

Davids Männer, die in der Nähe standen, zerrissen ebenfalls ihre Kleider und begannen mit der Wehklage. Abigail fragte sich, wie echt ihre Trauer war. Aber sie folgten Davids Beispiel, um den König und seinen Sohn Jonathan zu beklagen. Alle außer Joab. Der packte den Amalekiter am Gewand, zerrte ihn auf die Füße und führte ihn weg. Abigail konnte sich vorstellen, was nun mit dem Mann geschehen würde.

Drei Tage lang wurde der Tod des Königs und seines Erben betrauert. Während dieser Zeit komponierte David ein Klagelied, das er seinen Männern vorsang. Er wanderte durch das Lager, spielte Harfe und sang dazu. Bald summten oder sangen alle Männer Zeilen seines Liedes, wobei sich Abigail nicht sicher war, wie ernst sie es meinten. Saul war schließlich ihr Feind gewesen, eine Hürde auf dem Weg zum Thron. Jetzt war die Hürde beseitigt. Es war schwierig, einen solchen Verlust ernsthaft zu betrauern.

Aber David meinte es ernst.

Was Abigail am meisten beeindruckte, war nicht seine Trauer über den Tod des Königs, sondern sein Schmerz über Jonathans Tod. Sie hatte schon von dem festen Band der Freundschaft zwischen diesen beiden jungen Männern gehört. David liebte Jonathan wie einen Bruder – wahrscheinlich sogar noch mehr. Davids eigene Brüder gehörten zu seinem Heer, doch ihnen gegenüber zeigte er nicht mehr Zuneigung als gegenüber den anderen Kriegern. Um Jonathan trauerte er sehr tief.

Abigail schüttelte verwirrt den Kopf. Ihr Mann steckte voller Widersprüche. Er wünschte sich, die Tyrannei König Sauls möge zu Ende gehen – aber er trauerte trotzdem um ihn. Er liebte seinen Freund Jonathan mehr als seine eigenen Brüder. Er war zartfühlend gegenüber seiner Familie und besorgt um seine Männer – aber grausam und hart gegenüber seinen Feinden. Wie konnte jemand, der so schöne Lieder dichtete, gleichzeitig die Härte und Skrupellosigkeit aufbringen, die man als König Israels brauchte? Merkwürdig. Was für einen Mann hatte Gott sich da als König ausgesucht?

Am Ende der dreitägigen Trauer verkündete David seinen Männern, was er vorhatte. Er tat es auf seine ihm eigene Weise.

„Ich habe Gott gefragt, was wir als nächstes tun sollen. Und er sagte mir, ich solle nach Hebron gehen. Dort werde ich mein Königtum ausrufen."

Die Männer reagierten spontan und begeistert: „Hoch lebe David, Jahwes Gesalbter!" – „David, mächtig im Kampf, bevorzugt von Gott, weise im Rat der Männer, der gerechteste unter zehntausend!" – „Lang lebe David, der neue König von Israel!"

Bei diesem letzten Jubelruf runzelte David die Stirn. Er hob den Arm und brachte die Rufe zum Verstummen.
„Hört mich an!" Er schaute in die gespannten Gesichter seiner Männer. „Ich bin nicht König von Israel. Ich bin König von Juda. Sonst nichts."
Aus der Menge erhob sich Protestgeschrei. Natürlich wollten sie, dass ihr Held der Nachfolger König Sauls wurde, zumal er eigens von Gott als Thronfolger gesalbt worden war. Abigail schaute von ferne zu, während die Männer ihn zu über reden versuchten, seine ehrgeizigsten Pläne zu verwirklichen. Noch so ein Widerspruch, dachte sie bei sich selbst. David war ein Mensch, der von seinem Ehrgeiz vorwärtsgetrieben wurde. Alles, was er tat, hatte nur ein Ziel: sich den Thron Israels zu sichern und darauf zu regieren. Wollte er sich jetzt, so kurz vor dem Ziel, damit zufrieden geben, König von Juda zu werden, also nur über einen Teil von Israel zu herrschen? Was würde ihrem rätselhaften, unergründlichen Ehemann als nächstes einfallen?
Hebron. Die größte Stadt Judas. Noch vor wenigen Jahren war sie eine große kanaanitische Metropole gewesen. Einst war sie die Stadt der sagenumwobenen Anakim – jener Riesen aus den Sagen, die die Mütter Israels ihren Kindern erzählten und sagten: „Wenn ihr nicht brav seid, holen euch die Anakim."
Josua hatte die Stadt erobert und dem Volk von Juda übergeben – genauer gesagt an Kaleb. Hebron war inzwischen

zu einer der größten israelitischen Ansiedlungen geworden, ja sie wurde sogar zur Freistadt bestimmt. Jetzt also würde Abigail hier ihre neue Heimat finden – nicht weit von Karmel entfernt, wo sie früher gelebt hatte. Abigail seufzte. Juda zu regieren würde für ihren Mann einfacher werden, als das größere Königreich Israel zu regieren. Hoffentlich konnte David dort in Frieden leben. Und sie auch.

13

„Oh, Mutter Abigail!“ Ahinoams hübsches dunkles Gesicht strahlte vor Freude. „Ich bekomme ein Kind!“

Abigail hielt im Kneten des Teiges für das tägliche Brot inne, das bis zum Abendessen fertig sein musste. Sie lächelte und teilte Ahinoams Aufregung.

„Ich auch“, sagte sie.

Ahinoam kicherte. „Wirklich? Wunderbar! Der Herr sei gelobt! Ich frage mich, welches zuerst auf die Welt kommt.“

„Vielleicht kommen sie ja gleichzeitig zur Welt. Wären sie deswegen Zwillinge?“

Ahinoam lachte in sich hinein. „Ich habe es David gestern Abend gesagt. Er meinte, es wird wieder ein Junge.“

„Das sieht ihm ähnlich! Unser Ehemann weiß noch nicht, dass ihm seine Frauen auch Töchter schenken können.“

Ahinoams Lachen hallte über den Hof und ließ Amnon und Daniel, ihre vierjährigen Söhne, zum Tisch herüberschauen, wo ihre Mütter saßen.

Was für eine glückliche Familie, dachte Abigail und arbeitete und lachte weiter mit ihrer besten Freundin. *So soll es immer bleiben. Bitte, Gott, segne uns weiterhin mit Frieden und Glück.*

Abigail fragte sich, ob der Gott, zu dem sie im Stillen betete, eine solche Bitte von ihr überhaupt beachten würde. Wenn das Gebet von Jahwes Auserwähltem – ihrem Mann – käme, stünden die Chancen vielleicht besser. Vielleicht aber auch nicht … Gott antwortete auf Gebete nach seinem Willen, nicht nach ihrem. Und in seiner Weisheit ließ er ihrem Leben gute wie schlechte Erfahrungen zuteilwerden, sodass sie beides schätzen lernten.

Sie sog die frische Morgenluft ein, voller Sonnenschein und Wohlgeruch. Hier in ihrem geräumigen Haus in Hebron lebten vier Familien in Harmonie und Glück zusammen – es war das Königshaus im Reiche Juda.

Als sie vier Jahre zuvor von Ziklag nach Hebron gezogen waren, hatten ihnen die Einwohner der Stadt dieses große Haus auf dem Hügel gegeben. Abigail wusste, dass ihre Dankbarkeit nicht nur von den großzügigen Geschenken herrührte, die David ihnen aus seinen Beutebeständen gemacht hatte. Nein, sie erkannten auch Davids Stärke und glänzende Zukunft. Obwohl er darauf beharrte, nur König von Juda zu sein, so wussten doch alle, dass er früher oder später über ganz Israel regieren würde. Gott hatte es so bestimmt.

Abigail seufzte. Wenn David sich damit zufrieden gäbe, Herrscher von Juda zu sein, dann könnte ihr Glück andauern. Aber sein Ehrgeiz streckte sich nach Höherem, verfolgte ein größeres Ziel. Er war fest davon überzeugt, dass Gott eine Zukunft für ihn bereit hatte – und zu dieser Zukunft gehörte mehr …

Das Königshaus stand auf dem höchsten Hügel der Stadt. Vom Dach aus überblickte man die weite judäische Landschaft mit ihren bewaldeten Hügeln und Tälern, Weiden und Flüssen. Ein passendes Heim für den königlichen Hirten Judas.

Das Haus war so groß, dass vier Familien bequem darin leben konnten. Außer ihr und Ahinoam bewohnten Mirjam und Schua die großzügigen Räume. Mirjam, eine Matrone mittleren Alters, war mit Schamma ben Age verheiratet, den Abigail in Karmel kennengelernt hatte, als sie darauf wartete, dass David sie holen ließ. Mirjams Kinder waren erwachsen und dienten jetzt als junge Krieger unter Joab, Davids Oberbefehlshaber. Und Schua, ihre junge Dienerin und Gefährtin, hatte in Ziklag Hezro geheiratet. Jetzt hatten sie zwei kleine Kinder – einen Jungen und ein Mädchen.

Abigail knetete Nüsse und Honig in den Weizenmehlteig, formte vier Brote und stellte sie zum Aufgehen in die Sonne. Am späten Nachmittag wären sie dann soweit, dass sie in dem großen Ofen im Hof gebacken werden konnten. Zum Abendessen musste das Brot warm, frisch und duftend serviert werden. Wie viele Gäste würde ihr Mann heute wohl zum Essen mitbringen?

Geschäftig ging sie ihren täglichen Hausarbeiten nach. Der Tag verging schnell und fröhlich. Obwohl ihr Mann König

von Juda war, fühlte sie sich eher wie eine normale Hausfrau, die ihren Mann abends nach der Feldarbeit erwartet.
Am späten Nachmittag schaute Abigail nach dem Topf auf dem Herd, in dem das Essen köchelte, und schüttete noch etwas Wasser dazu, damit es nicht zu sehr einkochte. Es musste für mindestens zehn Personen reichen. Sie rührte den dicken Eintopf aus Ziegenfleisch, Gemüse und verschiedenen Gewürzen um, probierte ihn und gab noch etwas Salz und Koriander dazu. Sie wäre gekränkt, wenn die Gäste abfällige Bemerkungen über den Geschmack des Essens am Tisch des Königs machten!
Als David kam, zählte Abigail rasch ab. Sechs Männer würden heute Abend an ihrem Tisch oben auf dem Dach speisen. Außer David, Schamma und Hezro, die ja hier wohnten, hatte er die Söhne von Davids Schwester Zeruja als Gäste mitgebracht – Joab, den Oberbefehlshaber von Davids Heeren, und seine Brüder Abischai und Asaël.
Außer bei Staatsgeschäften weigerte sich David, Königskleider zu tragen. Heute trug er, sehr zur Freude seiner Krieger, das kurze Gewand und die Sandalen eines Soldaten. Stürmisch begrüßte er seine Familie, gab seinen beiden Frauen einen flüchtigen Kuss auf die Wange und führte dann seine Abendgesellschaft aufs Dach. Der Sonnenuntergang brachte eine kühle Brise mit sich, und die Männer konnten ein atemberaubendes Farbenschauspiel bewundern, als die Sonne in der Ferne hinter den Hügeln versank.

Die vier Frauen trugen das Essen auf. Abigail machte sich am Tisch zu schaffen, überwachte das Servieren der Speisen und verließ das Dach nicht. Sie wollte die Gespräche der Männer mitanhören, denn sie wusste, dass sie später, wenn alle sich zur Ruhe begeben hatten, mit David alles noch einmal durchsprechen würde.

Bei einem Abendessen auf dem Dach gingen David und seine Männer die Ereignisse des Tages durch, planten Strategien für die Zukunft und legten die Aufgaben für den nächsten Tag fest.

„Was glaubt dieser Abner denn eigentlich, wer er ist?", fragte Joab laut. „Er hat kein Recht, für Isch-Boschet zu sprechen."

Abigail goss Wein in Schammas Becher und biss sich auf die Lippe. Sie hatte das Gespräch verfolgt, seit die Männer ihr Haus betreten hatten. Gegenstand der Diskussion waren die Botschafter aus dem Reich Israel, die heute gekommen waren, um Friedensgespräche anzubieten.

Isch-Boschet, ein Sohn Sauls, war gesalbter König über Israel, die elf Stämme im Norden. Hauptstadt war derzeit Mahanajim jenseits des Jordan. Er war ein schwacher König, im Grunde nur ein Aushängeschild. Jeder wusste, dass Abner, der Oberbefehlshaber, in Israel die Fäden in der Hand hatte.

„Tut er aber trotzdem", entgegnete David. „Und wie es scheint, bietet er uns den Olivenzweig an. Wir sollten ihn annehmen.

„Trau ihm nicht", murmelte Joab, doch niemand beachtete

ihn. Sie schauten David an – nicht nur, weil er ihr Herrscher war, sondern auch, weil alle ihn als den Klügsten von ihnen anerkannten.

„Morgen, Joab, wirst du mit dreihundert Männern nach Gibeon reisen und mit Abner reden. Finde seine Bedingungen heraus. Aber beleidige ihn nicht."

„Gehst du nicht besser selbst?", fragte Schamma.

David schüttelte den Kopf. „Ein König kann nicht mit einem Oberbefehlshaber verhandeln; das kann nur ein anderer hochrangiger Offizier. Wenn seine Bedingungen vernünftig sind, nimm sie an. Frieden ist immer einem Krieg vorzuziehen."

„Und ich traue ihm doch nicht", erwiderte Joab mit heiserer, unbeherrschter Stimme.

Abigail, die stumme Dienerin der königlichen Tafel, beobachtete Joab sorgenvoll. Hier war ein Mann, der ihrem Ehemann Schwierigkeiten machen konnte. Skrupellos und impulsiv, wie er war, würde er nicht zögern, seinem König den Gehorsam zu verweigern, wenn er es für das Beste hielt. Seine Treue gegenüber David stand nicht in Zweifel, wohl aber sein Urteilsvermögen.

Später, als sie mit David allein war, warnte Abigail ihren Mann. „Trau deinem Neffen Joab nicht. Man weiß nie, was er vorhat."

„Ich weiß, Liebes." Wie immer sprach David sanft, doch sie wusste, dass er ihr zuhörte. „Ich werde Schamma und Hezro sagen, sie sollen dicht bei ihm bleiben. Sie werden dafür sorgen, dass es keinen Ärger gibt."

Abigail war sich da gar nicht so sicher. Nicht einmal der mäßigende Einfluss der beiden vertrauenswürdigen Ratgeber Davids konnte den impulsiven und gefühlsbestimmten Oberbefehlshaber zurückhalten, wenn er sich im Recht glaubte.

Am nächsten Tag beobachtete Abigail vom Dach aus, wie Joab vierhundert Männer zu einer Tagesreise nach Gibeon aus dem nördlichen Stadttor führte. Sie wusste nicht, ob sie nun dankbar oder unglücklich darüber sein sollte, dass ihr Mann nicht dabei war. Was für dumme Regeln, dass der König nicht mit dem Oberbefehlshaber verhandeln durfte … David – nicht der impulsive Joab – sollte mit dem listigen Abner verhandeln. Doch immerhin waren Schamma und Hezro dabei. Ihr zuverlässiger Rat würde Joabs ungezügeltes Temperament ausgleichen.

Fünf Tage später kehrten sie zurück.

Abigail lief schnell aufs Dach, um sich die traurige Prozession anzusehen, die durch das nördliche Tor nach Hebron einzog. Sie hatten Bahren dabei. Abigail erschauderte: Auf den Bahren lagen Tote. Sie hörte das Klagegeschrei, verstand aber nicht die Worte, die sie am Stadttor zu David sagten. Sie sah, wie David seine Kleider zerriss und sich Staub über den Kopf warf. Ob Sieg oder Niederlage – er trauerte um die Gefallenen der Schlacht.

Eine Schlacht! Es hätte nie zu einer Schlacht kommen dürfen. Sie waren doch zu einer Friedensmission aufgebrochen. Ihre Vorahnungen waren richtig gewesen – Joab war nach Gibeon gezogen, um Streit zu suchen, nicht Frieden. Nicht einmal Schamma und Hezro konnten ihn bremsen.

Heute würde es in ihrem Haus kein Abendbrot geben.

Es war noch früh genug am Tag, dass sie ihre Toten vor Sonnenuntergang bestatten konnten. Aber die anschließende Zeit der Trauer würde eine Zeit des Fastens werden. Und der Stille. Bis Sonnenuntergang durften sie nicht sprechen, und Abigail wusste, dass ihr Mann diese Sitte streng einhalten würde, denn seine Trauer war echt.

Als die Schatten länger wurden und die Sonne farbenprächtig hinter den Bergen im Westen versank, stand Abigail still und reglos in einer Ecke an der Brüstung auf dem Dach. Die Stadt zu ihren Füssen war ruhig, die Menschen betrauerten die Toten.

Nur David, Schamma und Hezro kamen an dem Abend auf dem Dach zusammen. Joab und die anderen waren nach Hause gegangen. Während die letzte flammende Zunge der roten Sonne gerade hinter den Hügeln verschwand, fragte David: „Was ist denn nun eigentlich passiert?"

Schamma seufzte. „Wir haben gekämpft", sagte er schlicht.

David wartete. Schamma hatte seine eigene Art zu erzählen.

„Wir kamen bei Sonnenuntergang nach Gibeon." Schammas Stimme, sonst kräftig und laut, klang bedrückt. „Wir sind gleich ins Lager am Rande des Teiches. Abner und seine Leute hatten ihr Lager schon auf der anderen Seite aufgeschlagen."

Abigail stellte sich die Situation bildhaft vor: Abner und seine Männer an der Mauer auf der einen Seite des Teiches, Joab und seine Soldaten auf der anderen. Der Teich war künstlich angelegt, genau hinter der Stadtmauer in den Fels gehauen. Die Quelle, die hier hervorsprudelte, war in Zeiten einer Belagerung ein nie versiegender Wasservorrat für die Bewohner.

„Am Morgen haben wir miteinander gesprochen. Über den Teich hinweg. Abner schlug einen Wettkampf vor. Schwertkampf. Zwölf junge Männer auf jeder Seite."

David nickte, und Abigail verstand. Das waren Friedensgespräche, und der kurze Degenkampf war als Sport gedacht, ohne Blutvergießen. Ein gängiger Zeitvertreib, wo immer Krieger zusammenkamen.

„Aber Joab befahl unseren Männern zu töten."

Abigail schnappte nach Luft. David zog die Stirn kraus.

Schamma fuhr fort: „Hezro und ich haben versucht, sie aufzuhalten, aber Joab befahl uns, aus dem Weg zu gehen. Er war der Oberbefehlshaber; was hätten wir denn tun sollen?"

Wieder nickte David.

Schamma erzählte weiter. „Es ging blutig zu. Alle jungen Männer von Abner wurden getötet. Unsere auch. Obwohl wir sie überrascht hatten, konnten Abners Männer irgendwie darauf reagieren. Es war … es war …"

„… grässlich!“, ergänzte Hezro.
Schamma holte tief Luft und fuhr fort. „Dann gab Joab den Befehl zum Angreifen. Abner gab den Befehl zum Rückzug. Sie rannten zum Tor hinaus bis auf die Hügel. Wir verfolgten sie.“
Abigail hielt sich an der Brüstung fest. Abner war also vernünftig genug, wegzulaufen. Er war nicht feige, dieser Abner – das hatte der alte Krieger auf dem Schlachtfeld oft bewiesen. Doch er war ein kluger alter Mann. Zu dem Zeitpunkt hätte Kämpfen zu nichts geführt. Er war nach Gibeon gekommen, um Frieden zu schaffen, nicht Krieg.
„Wir verfolgten sie. Joab befahl seinen Männern zu töten, und das taten sie. Viele von Abners Männern fielen an diesem Tag.“
David schaute ernst drein. Er wusste, die Toten würden nicht vergessen. Vergeltung, Blutrache würde folgen.
„Dann fanden wir Asaël …“
Schammas Stimme geriet ins Stocken. Dieser zähe alte Krieger, der durch das Kämpfen so abgehärtet war, konnte kaum fortfahren. Doch er riss sich zusammen und fuhr fort: „Abners Speer steckte in seinem Bauch. Joab und Abischai hielten kurz an und schauten auf ihren jüngeren Bruder. Dann rannten sie mit wildem Gebrüll hinter Abner her, verfluchten ihn und schrien nach Rache.“
An dieser Stelle konnte Schamma nicht weitererzählen. Tränen liefen ihm die Wangen hinunter.

Hezro nahm den Faden auf. „Ich habe mich neben Asaël gekniet. Er lebte noch. Joab und Abischai waren nicht einmal lang genug dageblieben, um das zu bemerken. Aber der Junge konnte noch aushauchen, was passiert war."

Hezro blickte David geradewegs in die Augen, und seine Stimme wurde fester. „Abner hatte ihn gewarnt und geraten, die Verfolgung einzustellen. Er wollte Joabs Bruder nicht töten."

Abigails Finger klammerten sich an der Brüstung fest. Kluger alter Abner. Er wusste, was es bedeuten würde, den aufbrausenden Joab wütend zu machen.

„Doch Asaël ließ nicht ab und verstärkte den Angriff. Daraufhin rammte Abner ihm seinen Speer in den Bauch ..."

Wieder hielt Hezro inne. Seine nächsten Worte klangen kalt und drohend. „... mit dem stumpfen Ende zuerst."

David zerriss impulsiv seine ohnehin eingerissene Tunika. Sicherlich wusste er, was Hezro meinte. Abigail auch. Abner hatte nicht versucht, den Jungen zu töten, sondern nur, ihn zu überwältigen ... ihn aufzuhalten.

„Doch das Speerende durchbohrte Asaëls Bauch. Wir konnten gar nichts machen. Er starb in meinen Armen."

David hörte aufmerksam zu, während Schamma und Hezro hastig den Rest der Geschichte erzählten. Abner war entkommen, doch viele seiner Männer nicht. Die meisten nicht. Sie lagen tot entlang der Straße durch die Gibeon-Ebene.

Nach Abners Flucht nahmen Joab und seine Männer Asaëls

Leichnam mit nach Bethlehem, wo sie ihn im Grab ihres Vaters beisetzten. Dann kehrten sie zurück nach Hebron.

Später stand David neben Abigail an der Brüstung auf dem Dach mit Blick über die schweigende Stadt.
„Krieg", murmelte er. „Krieg gegen Abner."
Abigail fühlte mit ihrem Mann. Er war ein Mann des Krieges, mächtig im Kampf, ein fähiger Anführer. Und doch war er ein Mann des Friedens, der den Krieg hasste.
Dies war ein Bürgerkrieg … Krieg gegen die eigenen Brüder. Sie alle waren Kinder Abrahams. Ihnen allen galt die ewige Verheißung.
David seufzte. Abigail fragte sich, ob er in diesem Moment das gleiche dachte wie sie: Durch die Kinder Abrahams sollten alle Menschen auf Erden gesegnet werden, so lautete die Verheißung. Aber wie sollte das gehen, wenn sie sich untereinander bekämpften?

14

Im darauffolgenden Jahr gerieten Juda und Israel mehrfach aneinander, vor allem weil Joab ein begeisterter Krieger war. In Friedenszeiten wirkte er irgendwie rastlos und unglücklich. David gab sich alle Mühe, seinen kriegerischen Oberbefehlshaber im Zaum zu halten und seine Energien in Richtung einiger verfeindeter Kanaaniter im Süden zu lenken. Mehrmals führte Joab seine Männer aus Hebron auf die Straße nach Süden, nur um ein paar Wochen später von Norden her wieder heimzukehren ... Er hatte dann einen Bogen gemacht und irgendeine nichtsahnende Stadt oder einen wohlhabenden Viehzüchter in Israel angegriffen.

David wies ihn zurecht, doch das war zwecklos. Joab war selbstbewusst und sich seiner Sache ganz sicher.

„Warum setzt du keinen anderen Oberbefehlshaber ein?", fragte Abigail ihren Mann eines Abends, als sie allein waren. Sie hatten sich in Davids Schlafzimmer auf dem Dach zur Ruhe begeben. Das war die Zeit, da sie und ihr Mann ungestört reden konnten.

David schüttelte langsam den Kopf. „Er ist mein Neffe", murmelte er.

„Manchmal glaube ich, er ist dein Feind", entgegnete sie.
David widersprach heftig. „Nie im Leben. Er ist der treueste Mann in Juda. Ich kann Vertrauen nicht mit Degradierung belohnen. Seine Methoden sind zwar nicht dieselben wie meine, doch unsere Ziele sind dieselben."
„Ihr wollt beide, dass du auf Israels Thron sitzt, stimmt's?"
David nickte.
Abigail bohrte weiter. „Aber du möchtest doch nicht durch einen Blutstrom zu diesem Thron waten ... Joab glaubt nämlich, der Weg zum Thron wird dadurch kürzer, dass er diesen Strom weiter auffüllt und das meiste Blut von seinem Schwert tropft."
David lachte leise. „Wie du mit Worten umgehen kannst, Liebes! Ja, doch, das kommt ungefähr hin. Ich werde warten, bis Gott mir diesen Thron gibt, friedlich und im Einvernehmen mit dem Volk Israel. Dann werde ich nicht mehr mit so harter Hand regieren müssen."
„Mein Ehemann ist weise." Abigail berührte seine Hand. „Und vorausschauend. Wenn du nur nicht auf dem einen Auge blind wärest, wenn es um deinen Neffen geht."
David entzog ihr seine Hand und legte sie auf ihren gewölbten Leib. „Hier ist jemand, der mir viel mehr bedeutet als Joab. Genau wie Daniel." Er schaute stolz zum anderen Ende des Schlafzimmers, wo ihr fünfjähriger Sohn friedlich schlummerte. „Und Amnon, und all die anderen Söhne, die mir noch geschenkt werden. Und ihre Söhne. Und all die

jungen Männer, die später noch geboren werden. Das Haus Davids."

Er hatte sanft gesprochen, und Abigail spürte seine tiefe Rührung. Er sah ganz klar die Verheißung Gottes an Abraham: Dieses Volk, das Gott erwählt hatte, sollte wachsen und stark werden und ein Segen für die ganze Menschheit werden. Für David erfüllte sich dieses Versprechen ganz persönlich – in seinen Söhnen.

Zwei Wochen später kam Ahinoams Kind zur Welt. Ein Mädchen. Davids Enttäuschung hielt sich in Grenzen, weil Abigails Zeit auch bald kommen würde. „Zumindest besteht noch eine Chance auf einen dritten Sohn", murmelte er.

Doch Abigail bekam auch eine Tochter.

Als David von dem Geschlecht des Kindes erfuhr, verließ er abrupt das Haus und suchte in den nahegelegenen Bergen die Einsamkeit. Die Frauen unterrichteten Abigail von seinem plötzlichen Aufbruch.

„Er hatte das Gesicht verzogen", sagte Schua, die ihn beim Weggehen gesehen hatte. „Ich glaube, er war nicht so froh darüber, dass du ihm eine Tochter geschenkt hast."

Abigail wiegte das winzige Neugeborene in ihren Armen, und der hungrige Mund suchte nach ihrer Brust.

„Er braucht Söhne", murmelte sie. „Schließlich ist er ein König."

Obwohl sie sich Mühe gab, die Haltung ihres Mannes zu

rechtfertigen, fühlte sie sich im Stich gelassen. Dieses unschuldige winzige Wesen war ein wunderbares Geschenk – so wertvoll und willkommen wie ein Junge! Doch sie war die Tochter eines Königs. Und ein König brauchte Söhne!

David überließ die Namensgebung seiner Töchter den Frauen. Ahinoam nannte ihre Tochter Naomi. Abigail verstand, warum. Der Name bedeutete „angenehm". Ahinoam genoss das angenehme Leben in Hebron. Mochten Kriege geführt, Königreiche entrissen werden und junge Männer tapfer auf dem Schlachtfeld sterben und von ihren Familien betrauert werden – hier in den Mauern von Davids Haus herrschte Freude.

Abigail wählte für ihre Tochter den Namen Salome aus. „Frieden".

Ahinoam gefiel der Name sofort. Es passte zu ihrem glücklich geführten Haus, dass Davids Töchter „angenehm" und „Frieden" hießen. Sie hatte keinen Sinn für Abigails Sehnsucht, das Königreich ihres Mannes sollte erblühen – ohne Blutvergießen, ohne die Trauer über gefallene Söhne und Ehemänner, ohne die Angst der Mütter und Ehefrauen, wenn die Männer in den Krieg zogen. Es war ihr egal, ob ihr Mann über das kleine Juda oder über ganz Israel als König herrschte – solange es *Frieden* gab.

Wahrscheinlich war es Davids Unbehagen über die Geburt von zwei Töchtern – praktisch zur selben Zeit –, das ihn zu seiner nächsten Entscheidung veranlasste. „Ich habe vor, noch eine Frau zu heiraten“, verkündete er eines Tages seinen Frauen.

Als Ahinoam das vernahm, wurde ihr ohnehin dunkles Gesicht noch dunkler. Sie sagte jedoch nichts, denn sie war eine pflichtbewusste Ehefrau. Abigail konnte ihr nachfühlen. Sie befürchtete offenbar, dass diese Entscheidung den „Frieden“ und das „angenehme“ Leben stören würde.

Abigail konnte allerdings auch die Gründe ihres Mannes nachvollziehen. Er dachte wie ein König. Er brauchte nicht nur Söhne, um sein Haus zu gründen, sondern er brauchte auch Verbündete. Am Anfang – das war bei ihr und Ahinoam der Fall gewesen – hatte er Reichtum gebraucht, und Heiraten war die schnellste und unblutigste Art, da heranzukommen. Aber jetzt ... jetzt war er König und musste Heirat als zweckmäßiges politisches Mittel einsetzen.

So heiratete David also – nach reiflicher Überlegung und Planung – Maacha, eine Tochter von Talmai, dem König von Geschur.

Geschur war ein kleines Königreich östlich des Jordans. Die politische Überlegung hinter diesem Schritt war klar: Geschur lag genau nördlich von Mahanajim, der Hauptstadt Israels. Dort lebte Abner. Und Isch-Boschet ben Saul, der jetzt als König über Israel herrschte. Es musste unangenehm für sie sein, einen Nachbarstaat zu haben, der zwar klein war, aber durch Heirat mit ihrem Feind verbündet.

Talmai, der König von Geschur, war ein starker, dickköpfiger Mann. Abner und Isch-Boschet würden es sich gut überlegen müssen, bevor sie ihn angriffen.
Maacha zog prunkvoll in Hebron ein. Sie saß auf einer offenen Sänfte, die von zwölf stämmigen Geschuritern getragen wurde. Ihnen folgte ein ganzer Zug von Dienern, Leibwächtern und Ochsenkarren, die mit Reichtümern beladen waren. Erst später erfuhr Abigail, dass Maacha dem kleinen Königreich einen Großteil seines Wohlstands entzogen hatte, den sie in ihre Ehe mitbrachte.
Aber sie brachte nicht nur Reichtümer mit, sondern auch den Hochmut und das Auftreten einer verwöhnten Prinzessin. Als Maacha erfuhr, dass Abigail nicht durch die Reihenfolge der Eheschließungen, sondern durch Davids Bestimmung Erste Ehefrau war, versuchte sie unverzüglich, ihr diesen Rang streitig zu machen.
Zunächst versuchte sie, David mit ihrem Charme zu umgarnen. Sie war ein hübsches Mädchen mit großen, ausdrucksstarken Augen und einer einschmeichelnden Stimme, mit der sie ihren Mann überschwänglich bedachte. Doch ihr Gesuch, die Haushaltsführung zu übernehmen, wurde abgewiesen, sodass sie eines Morgens mit einem Schmollmund aus Davids Schlafzimmer auftauchte. Alle Frauen im Haus konnten sich denken, was passiert war, und amüsierten sich darüber.
Der Machtkampf ging weiter. Maacha war fest entschlossen,

die Königin von Hebron zu sein, trotz Davids Ablehnung. Sie gab den Dienern Anweisung, die Haushaltspflichten zu übernehmen – das Kochen, Nähen von Kleidung, die Bewirtung von Gästen und das Handeln mit den Kaufleuten, die jeden Tag mit ihrer Ware zum Hof kamen.
Zuerst ließ Abigail das durchgehen. Aber als Maacha anfing, Amnon und Daniel zu maßregeln und herumzukommandieren, fand sie, es sei höchste Zeit, die neue Ehefrau zur Ordnung zu rufen.
Abigail wählte den Ort für das Streitgespräch sorgfältig aus: Es sollte auf dem Dach, genau vor Davids Schlafzimmer stattfinden. Auf dem geräumigen Dach gab es drei Schlafzimmer: Das größte war für David und seine jeweilige Bettgenossin bestimmt; die beiden anderen für Schamma, Hezro und ihre Frauen.
Der Tag war kalt, es sah nach Regen aus. Von Norden her zogen Wolken auf, und über die Brüstung wehte ab und zu eine Windböe. Abigail achtete nicht auf das ungemütliche Wetter. Als Maacha schließlich kam, trug sie einen langen Purpurumhang – und eine Goldkrone auf dem Kopf. Das Königlichste an der neuen Königin war jedoch ihr Lächeln. Sie reckte ihr Kinn vor und schaute mit Herablassung und Geringschätzung auf die „andere Frau“ von solch niederer Herkunft.
Abigail spürte den kalten Lufthauch. Glücklicherweise hatte sie sich für den warmen Wollmantel entschieden, der zwar nicht so hervorstach wie der purpurne ihrer Rivalin, dafür

aber wärmte. Mit ihm konnte sie die Kälte im Blick der anderen Frau besser ertragen.

„Maacha“, begrüßte sie das Mädchen. „Dritte Frau Davids, des Königs von Juda.“

Maachas Kinn reckte sich noch höher, wenn das überhaupt noch ging.

„Abigail.“ Maachas Stimme klang schneidend. „Witwe des Nabal und dritte Frau Davids.“

Die Beleidigung war beabsichtigt und clever, bewies sie doch ihre Kenntnis von Davids Familiengeschichte. Sie erinnerte nicht nur daran, dass David die Witwe eines Narren geheiratet hatte, sondern auch, dass Abigail, nicht Maacha, die dritte Ehefrau in chronologischer Reihenfolge war – wenn man Sauls Tochter Michal mitzählte, die David als erste geheiratet und niemals verstoßen hatte.

„Jeder weiß“, sagte Abigail mit frostiger Stimme, „dass Michal zwar die Tochter eines Königs ist, aber deswegen noch lange nicht Erste Ehefrau.“

„Nur weil sie nicht hier ist.“ In Maachas Erwiderung schwang unausgesprochen mit: *Aber die Tochter eines anderen Königs ist hier und sollte die Erste Ehefrau sein!*

Abigail ließ sich nicht beirren. „Ich habe dich heute Morgen hierher gebeten, weil unser Haus zu klein ist. Ich muss dich bitten, deine Leibwächter und Diener zu entlassen und nach Geschur zurückzuschicken. Du kannst drei Frauen deiner Wahl hierbehalten, die anderen müssen umkehren.“

Eine Spur von Angst huschte über Maachas Gesicht. Abigail lächelte bei sich selber. Diese kalte Prinzessin war doch nicht so selbstsicher, wie sie nach außen hin wirkte. Eins musste noch gesagt werden.
„Ich habe das schon mit König David besprochen. Du hast drei Tage, um den Hofmeister zu unterrichten und zu entscheiden, welche drei Frauen du hierbehalten möchtest."
Nun entglitten Maacha die Gesichtszüge. Obwohl sie versuchte, überheblich auszusehen, stiegen ihr unerwünscht Tränen in die Augen. „Du … du wirst doch nicht …"
Abigail schaute unverwandt zu dem Mädchen, das in ihrem dünnen majestätischen Mantel jetzt zitterte. Die Krone, die nur zu festlichen Anlässen getragen wurde, war verrutscht. Die ach so königlichen Schultern schienen abzusacken.
Abigail hatte gewonnen.
Plötzlich empfand Abigail eine überraschende Woge der Sympathie für dieses Kind. Maacha war erst sechzehn, wohnte weit weg von zu Hause in einem feindlich gesinnten Haus, das sie nicht beherrschen konnte. Nun sollten ihre Begleiter auch noch fortgeschickt werden.
Abigails Stimme wurde sachter. „Ich schlage vor, mein Kind, dass du deine Lage so hinnimmst, wie sie ist. Sobald du Davids Samen in dir trägst, wirst du bei uns unten in dem großen Zimmer schlafen. Du brauchst uns. Wir können … deine Freundinnen sein, wenn du uns lässt."
Sie lächelte und versuchte, so viel Wärme auszustrahlen,

wie sie auf diesem zugigen Dach erübrigen konnte. „Und ich möchte deine Freundin sein. Bitte. Lass es zu."

Aber lebenslange Gewohnheit lässt sich nicht so einfach abschütteln. Maacha atmete tief durch, sie versuchte, die Haltung wiederzugewinnen und auch ein bisschen von ihrer Reserviertheit. „Ist das alles, Mutter Abigail?", fragte sie mit angestrengter Stimme.

Abigail nickte; das Mädchen drehte sich um. Vielleicht wollte sie das Ende der Befragung herbeiführen, weil ihr kalt war. Eher noch brauchte sie Zeit, nachzudenken. Sich an einen abgeschiedenen Ort zurückzuziehen und gefasster zu werden. Vielleicht ein bisschen zu weinen … und die Niederlage zu akzeptieren.

Aber sie hat sie schon akzeptiert, ging es Abigail durch den Kopf. Ihre letzten Worte richteten sich an „Mutter Abigail". Das klang ganz anders als ihre beißenden Worte zu Beginn des Streitgesprächs: „Abigail. Witwe Nabals und dritte Frau Davids."

Abigail verspürte keinen Triumph, während sie über das Gespräch nachgrübelte. Sie hatte gewonnen, ja. Doch das war eigentlich kein Sieg, denn ihre Stellung als Erste Ehefrau war unstreitig und über jeden Zweifel erhaben. Sie konnte nicht abgesetzt werden. Ihr einziger Sieg würde darin bestehen, dass Maacha fähig wurde, dieses zu akzeptieren.

Noch lange, nachdem Maacha gegangen war, blieb Abigail auf dem Dach stehen. Sie wickelte den warmen Mantel fest um sich und genoss sogar die eisigen Windstöße, die über die Stadt hinwegfegten. Sie brachten Ordnung in ihre Gedanken und gaben ihr eine Vorstellung von ihrer Rolle als Erster Ehefrau.

Als sie noch ein Kind war, hatte ihr Vater einen Leviten eingestellt, der seinen Söhnen das Gesetz des Mose beibringen sollte. Sie hatten pflichtbewusst zugehört, obwohl sie nicht sehr interessiert waren. Abigail allerdings schon. Oft hatte sie sich ins Zimmer geschlichen, wo der Levit mit monotoner Stimme die heilige Geschichte, also die Geschichte Israels, und die Gesetze des Mose wiedergab. Das hatte sie fasziniert.

Es kam ihr so vor, als triebe der kalte Wind bestimmte Abschnitte der heiligen Schriften in ihr Gedächtnis. Sie erinnerte sich sogar an die Stimme des Leviten, der die Gesetze zitierte: „Wenn euch der Herr ins Verheißene Land führt, verschwägert euch nicht mit den Kanaanitern, noch lasst eure Söhne und Töchter deren Söhne und Töchter heiraten."

Bis Maacha in ihr Haus kam, hatte David dieses Gesetz befolgt – denn sie, Ahinoam und Michal waren Israelitinnen. Doch Maacha war die Tochter eines Geschuriters. Würde es noch mehr fremdländische Frauen geben?

Noch mehr Worte des Leviten kamen ihr in den Sinn, die er aus den Gesetzen vorlas. Dort hieß es, eines Tages würde sich das Volk dafür entscheiden, von einem König regiert zu werden. Es gab viele Ermahnungen für den König, und eine davon war diese: „Er soll auch nicht viele Frauen nehmen, dass sein Herz nicht von Jahwe abgewandt werde."

Abigail schauderte, aber nicht vor Kälte. Brach David das Gesetz? Widersetzte er sich den ausdrücklichen Geboten Jahwes?

Eine ihrer Lieblingsstellen aus der heiligen Geschichte fiel ihr ein – die Geschichte von Adam und Eva im Garten Eden. Ein Mann ... und eine Frau. Gott hatte seinem Volk eine Idealform der Ehe vor Augen geführt – nicht anhand einer Vorschrift, sondern durch das Vorbild des ersten Menschen. „Es ist nicht gut, dass ein Mensch alleine leben soll", hatte er gesagt. „Deshalb mache ich ihm eine Gefährtin, die zu ihm passt." Und er schuf Eva. Die zwei wurden eins – und Gott sah, dass es gut war.

Das Volk Gottes hatte in langer Tradition das von Gott vorgegebene Idealbild ignoriert. Wohlhabende Männer hatten sich oft zwei oder mehr Ehefrauen und gelegentlich Konkubinen genommen. Könige anderer Völker taten es, um ihr Herrscherhaus zu festigen. König Saul hatte es getan. Und es war ja auch nur königlich gedacht, wenn David sein Königshaus vergrößern wollte ... Aber war er mit einer ausländischen Ehefrau nicht zu weit gegangen? Schuf er sich damit nicht eine Situation, die ihm später Schwierigkeiten bereiten würde? Das wusste nur Gott.

Abigail schüttelte traurig den Kopf. Nein, darüber konnte sie nicht mit David reden. Es würde nur eifersüchtig klingen. Und außerdem … Es war ja doch nicht mehr zu ändern.
Aber eins ließ sich doch ändern: Sie brauchten ein größeres Haus. Bei ständig wachsender Hausbewohnerzahl – selbst nachdem Maachas Hofstaat zurückgeschickt worden war – brauchten sie einfach mehr Platz. Abigail nahm sich vor, mit David darüber zu sprechen.

Die Gelegenheit kam am nächsten Morgen. David hielt sich im Hof auf, um mit ihr über die Ehrengäste zu reden, die zum Abendessen geladen waren. Sie stimmte zu, dass für das Mahl ein Ochse geschlachtet wurde.
Als das geklärt war, brachte Abigail die Enge im Haus zur Sprache. „Mein Herr Gemahl, ich habe Maacha gestern erzählt, dass du angeordnet hast, sie solle ihre Leibwache und ein paar ihrer Mägde heimschicken."
„Wie hat sie es aufgenommen?"
Abigail zuckte die Achseln. „Sie glaubte mir nicht. Ich habe ihr gesagt, dann solle sie dich fragen."
David lachte. „Ja, sie hat mich gestern Abend danach gefragt. Ich habe ihr gesagt, es sei meine Idee gewesen."
In Wirklichkeit war es ihre Idee gewesen, und deshalb lachten jetzt beide. Sie verstanden sich gut. „Doch auch so", fuhr Abigail fort, „leben zu viele Menschen hier im Haus."
„Es ist das größte Haus von Hebron, Liebes."

„Ja, eben." Abigail lächelte scheu und blickte ihrem Mann ins Gesicht. „Könnten wir ein zweites Haus haben?"

„Was hältst du davon, wenn ich euch einen Palast baue?"

„Meinst du das ernst? Wann fängst du an?"

David berührte sachte ihre Hand. „Noch nicht, fürchte ich. Zuerst möchte ich einen Tempel bauen, ein Haus für Gott, bevor ich mir ein eigenes Haus baue. Und ich möchte auch nicht hier in Hebron bauen ..."

„Nicht in Hebron? Warum denn nicht?"

„Hebron ist die Hauptstadt von Juda. Unsere Hauptstadt sollte weiter im Norden liegen, so dass weder Juda noch Israel bevorzugt würde."

„Aber würde eine Hauptstadt im Norden nicht doch die Stämme des Nordens bevorzugen? Was würde Juda davon halten?"

David lächelte sie an. „Du verstehst mehr von Politik als die meisten Männer. Und du hast recht. Wir brauchen eine neutrale Hauptstadt, die zu keinem der beiden Königreiche gehört."

Abigail starrte ihn an. „Dann ... willst du also eine neue Stadt erobern? Stimmt's? Wie zum Beispiel ... Jerusalem?"

David lachte. „Wie scharfsinnig du bist, meine Liebe. Du hast meine Pläne schon erraten."

„Aber Jerusalem ist uneinnehmbar! Die Mauern ..."

David nickte. „Ja. Die Jebusiter, die dort leben, haben uns auch schon verspottet. Sie behaupten, dass selbst die Blinden und Krüppel ihre Stadt erfolgreich verteidigen könnten. Sie haben recht, was ihre Mauern angeht. Die sind stark … Aber Verrat kann jede Stadt zu Fall bringen."

„Verrat?"

David nickte. „Verrat. Wir haben bei den Jebusitern schon einen Überläufer. Er hat versprochen, uns einen Weg in die Stadt zu zeigen."

„Und wie soll das gehen?"

„Durch den unterirdischen Wasserkanal. Sie beziehen ihr Wasser hauptsächlich aus einem Teich außerhalb der Stadtmauern. Der Kanal führt von dem Teich geradewegs mitten in die Stadt. Das ist ein sorgfältig gehütetes Geheimnis."

„Aber nicht sorgfältig genug … wenn es einen Verräter gibt."

„Genau, mein Schatz. Joab wird bald einen Überraschungsangriff durchführen."

„Joab!" Abigail runzelte die Stirn. „Ja, das sieht ihm ähnlich."

David lachte. „Du hast ihn noch nie gemocht, stimmt's?"

Sie schüttelte den Kopf. „Nein. Du wirst seinetwegen noch viel Ärger kriegen."

„Keiner in Israel ist loyaler als Joab."

Abigail sagte nichts mehr. Sie konnte David niemals überzeugen, sich von seinem lieben Neffen und vertrauensvollen Befehlshaber zu trennen. Sie dachte ungern daran, was er seinem König noch alles bescheren konnte.

Aber daran wollte sie jetzt nicht denken. Nicht jetzt. Nicht bei der atemberaubenden Aussicht auf einen neuen Palast, den ihr Mann bauen würde, sobald Jerusalem erobert wäre. Ein großer Palast – größer als ihr Haus hier. Groß genug für alle Ehefrauen Davids. Und was noch dazukommen würde … Noch mehr Ehefrauen? Mag sein. Ganz sicher aber noch mehr Probleme.

15

Nicht lange danach brachte Joab Davids nächste Frau nach Hause.

Er war auf Beutezug im Norden gewesen, im Tal Ela, bei den wohlhabenden israelitischen Familien vom Stamm Benjamin. Er hatte eine reiche Witwe mitgebracht, deren Mann – wenn die Gerüchte zutrafen – von Joab eigenhändig getötet worden war.

Tagelang war der Zug Richtung Hebron unterwegs. Rinder, Schafe, Ziegen gehörten dazu, sogar ein paar Kamele und Pferde. Sie wurden auf das weite Land südlich von Hebron getrieben, zu den anderen Herden, die dem jetzt wohlhabenden Königreich Juda gehörten. Vollbeladene Ochsenkarren mit wertvollen Gegenständen rumpelten durch die Tore zum Lagerhaus, wo die Waren verteilt oder verkauft würden. Die ohnehin schon luxuriösen Häuser Judas wurden um weitere Teppiche, Wandbehänge, handverzierte Möbel, Glasgefäße, edle Stoffe und Edelsteine bereichert.

Vielleicht, so mutmaßte Abigail, als sie die Parade vom Dach aus beobachtete, waren deswegen Davids Tadel gegenüber Joab so wenig nachdrücklich ausgefallen. Die Beutezüge verlängerten den Krieg zwischen Juda und Israel, aber in seinem Verlauf hatte sich Juda stark entwickelt und strotzte nun vor Reichtum, während Israel geschwächt wurde. In der Öffentlichkeit sprach sich David laut für Frieden mit Israel aus – aber Joab ignorierte alle seine Friedensbekundungen. Der König von Juda verkündete Frieden und bereicherte sich am Krieg.

Am fünften Tag dieser öffentlichen Zurschaustellung der zuletzt erbeuteten Reichtümer kam Joab an – mit der Witwe. Er brachte sie zu David. Der König fand Gefallen an ihr, und sie wurde seine fünfte Ehefrau: Haggit.

Der Name bedeutete „An einem Festtag geboren". Doch Haggit sah ganz und gar nicht festlich aus, bemerkte Abigail, als sie mit der jungen Braut auf dem Dach zusammentraf.

Rein äußerlich sah man ihr den einstigen Reichtum noch an: Ihr Kleid, obwohl jetzt einige Tage getragen und leicht angeschmutzt, war aus feinstem, mit mehreren Farben durchwirktem Leinen. Außerdem trug sie Schuhe – keine Sandalen – aus feinem Leder, bei denen rote Farbe unter der Staubschicht durchschimmerte. Und der Kopfschmuck! Ein kegelförmiges verschleiertes Meisterstück, offensichtlich babylonischen Ursprungs.

Aber Haggits Schultern sackten nach unten. Sie presste ihre Hände zusammen. Wenn sie ihre Augen nicht gerade niederschlug, verrieten die roten Ränder, dass sie in den letzten Tagen viel geweint hatte. Das junge, fast kindliche Gesicht schien vorzeitig gealtert.

„Wie alt bist du?“, fragte Abigail mit sanfter Stimme.
Haggit schaute kurz hoch. „Fünfzehn.“
Abigail nickte. Kein Wunder, dass dieses reiche Mädchen so verängstigt und ermattet war. Wahrscheinlich hatte man sie gleich bei Eintritt der Pubertät zu einer lieblosen Ehe gezwungen, und nun war sie nach ein, zwei Jahren verwitwet. Sie mochte sogar den brutalen Mord an ihrem Ehemann mit angesehen haben … Dann war sie von einem rohen judäischen Befehlshaber weggeschleppt und dem verfeindeten König als Braut – oder Konkubine – dargebracht worden. Von ihrem neuen Ehemann wusste sie kaum etwas.
„Komm, ich helfe dir“, sagte Abigail.
Das Kind schaute mit großen Augen zu Abigail hoch. Hoffnung spiegelte sich darin. Verzweifelte Hoffnung. Eine Möglichkeit zu überleben.
Als Abigail Anweisung gab, Badewasser zu erwärmen und frische Kleider zurechtzulegen, begab Haggit sich dankbar in die Obhut ihrer neuen Herrin. Zwischen ihnen beiden wuchs Vertrauen – zwischen dem verängstigten, einsamen Kind und der sanften, einfühlsamen, mütterlichen Ersten Ehefrau.

Abigail lächelte über die Ironie der Dinge. Sie war selbst erst vierundzwanzig und schon Matriarchin der Familie. Der Königsfamilie. Einer wachsenden und gedeihenden Familie, die sie führen und leiten sollte. Diese Führungsposition spiegelte sich darin wider, dass alle sie Mutter Abigail nannten. Selbst Maacha nannte sie so und suchte ihre freundschaftliche Nähe. Die geschuritische Prinzessin, die jetzt Davids Samen in sich trug, wurde aus dem königlichen Schlafzimmer auf dem Dach verdrängt und in das langgezogene Schlafzimmer unten, wo auch die anderen Ehefrauen schliefen, verbannt. Ihre Überheblichkeit löste sich in Luft auf. Sie erhielt zwar die enge Beziehung zu ihren drei Dienstmädchen aufrecht, bemühte sich aber genauso um die Zuneigung der anderen Frauen. Die folgten Abigails Beispiel und nahmen sie herzlich auf.

Mit der Zeit ließ Haggit erkennen, warum sie „An einem Festtag geboren" war. Sie blühte regelrecht auf. Ihr Lachen und ihre gute Laune belebten das Haus. Bald schon bemühten sich alle königlichen Damen um Freundschaft mit ihr.

Abigail vermutete, der Hauptgrund für Haggits Hochstimmung war David. Jeden Morgen, wenn Haggit aus dem Schlafzimmer auftauchte, legte sie eine Euphorie an den Tag, die alle Frauen Davids nachvollziehen konnten. Sie verband ein gemeinsames Los. Obwohl sich nachts alle nach Davids zärtlichen Umarmungen sehnten, wurde keine Eifersucht zwischen ihnen sichtbar. Im Gegenteil, sie schmolzen zu einer eng verbundenen Familie zusammen.

Die Familie wurde noch um zwei Frauen vergrößert: Abital und Egla, Töchter einflussreicher kanaanitischer Könige.

Auch sie waren noch die reinsten Kinder, die Abigail unter ihre Fittiche nahm. Sie flößte ihnen Vertrauen ein, half ihnen beim Erlernen der neuen Sprache und führte sie in den innersten Kern der Frauengemeinschaft ein, die Davids Leben und seine Liebe teilten.

In den zwei Jahren seit Maachas Ankunft wuchs die Familie auch auf andere Weise. Kinder wurden geboren. Zumeist Söhne, was dem königlichen Ehrgeiz von Gottes Gesalbtem sehr entgegenkam. Aber auch Töchter. Plötzlich entstand da, wo Gott sich ein Volk auserwählt hatte, eine Dynastie. Manches sprach dafür, dass sie einmal in aufsehenerregender Weise die alte Verheißung erfüllen würde.

Und doch ... die Verheißung galt für ganz Israel, nicht nur für Juda. Abigail, die mittlerweile überzeugt war, dass Jahwe die Ereignisse in Davids Leben überwachte und steuerte, staunte, was um sie herum passierte. Sie fühlte sich selbst darin verwickelt. Aber es irritierte sie doch, dass bisher nur das kleine, wohlhabende Juda gestärkt wurde, während der Hauptteil der Israeliten geschwächt wurde. Bestimmt hatte Jahwe noch mehr mit ihnen vor!

Sie hatte recht. Im siebten Jahr von Davids Regentschaft in Hebron traten auf einmal Ereignisse ein, die den Verlauf ihrer Geschichte änderten.

Gerüchteweise hatte man von der wachsenden Unzufriedenheit im Norden gehört, denn Israel führte einen aussichtslosen Krieg gegen Juda. Der König, Isch-Boschet ben

Saul, war weder beliebt noch stark. Sein Oberbefehlshaber Abner hatte die eigentliche Macht in Israel. Dann, so vernahmen sie, gerieten Abner und Isch-Boschet aneinander.
Die Gerüchte verdichteten sich, als eines Tages drei Botschafter nach Hebron kamen – nicht von König Isch-Boschet, sondern von Abner. Er wollte Frieden.

Wie üblich empfing David die Botschafter auf dem Dach seines Hauses. Abigail und die anderen Frauen gaben sich alle Mühe, ein angemessenes Fest vorzubereiten. Wie immer suchte sich Abigail einen strategisch günstigen Platz in einer Ecke aus, wo sie das Gespräch mit anhören konnte.
Die Gäste ignorierten sie – hielten sie nur für eine Dienstmagd – und sprachen frei heraus. „Mein Herr Abner überbringt Euch die herzlichsten Grüße, mächtiger König. Er streckt die Hand des Friedens nach Euch aus."
„Und Isch-Boschet?"
Der Botschafter, der als Wortführer der Delegation auftrat, zuckte die Achseln. „Er stimmt zu", antwortete er leichthin.
„Aha." Davids Stimme behielt ihren freundlichen Ton, ließ aber auch Stärke durchblicken. „Und Abners Bedingungen?"
„Ihr, nicht Isch-Boschet, werdet der rechtmäßige König über Israel und Juda sein. Ihr werdet von einem Propheten oder Priester Eurer Wahl gesalbt, an einem Ort Eurer Wahl. Alle Stämme Israels werden vertreten sein, um Euch ihrer Untertänigkeit zu versichern. Ihr könnt Euch jede beliebige Stadt

als Hauptstadt aussuchen. Ihr und Eure Söhne werdet für immer das Zepter Israels in der Hand halten."

Nimm dich in Acht, David. Von ihrem Horchposten aus beobachtete Abigail die Unterredung. Sie vermutete, es gab noch mehr Bedingungen als diese.

David offensichtlich auch. „Und was noch? Was verlangt Abner für sich selbst?"

Der Botschafter zögerte. Er war vermutlich verwirrt über Davids Scharfsinn und seine Vermutung, dass noch etwas fehlte. Er wand sich ein bisschen. „Alles, was mein Herr Abner erbittet, ist dies: Der mächtige König David möge ihn zum Oberbefehlshaber der vereinigten Heere von Juda und Israel ernennen."

Als David mit Daumen und Zeigefinger über sein Kinn strich, konnte Abigail ganz leicht die Gedanken ablesen, die ihrem Mann durch den Kopf gingen. Diese Ernennung hätte Vor- und Nachteile. Sie würde Joab absetzen, diesen unberechenbaren und zügellosen Krieger, der David so viele Probleme bescherte – ihn möglicherweise aber zu einem gefährlichen Feind machen. Dieser Schritt garantierte allerdings auch die Loyalität aller Stämme Israels, die Abner respektierten und gehorchten. Das wiederum könnte problematisch werden, denn so erhielte ein mächtiger Mann noch mehr Macht …

Wie würde David dieses Dilemma lösen? Bei seiner Antwort glaubte Abigail ihren Ohren nicht zu trauen.

„Ich nehme eure Bedingungen an. Aber ich stelle selbst noch

zwei. Ich ernenne nur dann Abner zum Oberbefehlshaber und nehme das Zepter über Juda und Israel nur dann an, wenn ihr mir garantieren könnt, dass Sauls Sohn Isch-Boschet nichts zustößt. Und ich verlange, dass meine Frau Michal, Sauls Tochter, unverzüglich wieder in mein Haus eingegliedert wird."

Abigail war von dieser unerwarteten Äußerung so verwirrt und erstaunt, dass sie die Antwort des Botschafters kaum mitbekam. Sie nahmen Davids Bedingungen bereitwillig an – wahrscheinlich erschienen sie ihnen trivial im Vergleich zu ihrer eigenen Forderung, dass Abner zu Davids Oberbefehlshaber ernannt würde.

Die zweite Bedingung war für Abigail allerdings überhaupt nicht trivial. Warum hatte er das gesagt? Warum war die Ehe mit Michal von so großer Bedeutung für David? Ihr Vater, König Saul, hatte sie einem anderen Mann gegeben – als eindeutige Beleidigung des Rebellen David. Michal lebte jetzt schon mehrere Jahre mit diesem Mann – außerehelich, wie David es bezeichnete. Vielleicht hatte sie ihrem neuen Ehemann sogar schon Kinder geschenkt.

Doch jetzt ... wollte David sie zurück. Warum? Liebte er sie noch immer? Liebte sie ihn noch immer? Würde sie nicht die Harmonie in ihrer Familie stören? Bestimmt würde Michal sich für die rechtmäßige Erste Ehefrau halten und einen neuerlichen Machtkampf heraufbeschwören.

Schamma hatte sie als zänkisch und rechthaberisch beschrieben. Jetzt schon hasste Abigail sie … diesen Eindringling in ihr wohlgeordnetes und glückliches Leben. Viele Veränderungen kamen auf sie zu – und diese Veränderungen machten ihr Angst.

16

Danach überschlugen sich die Ereignisse. Nur einen Monat später kam Abner nach Hebron.

Von ihrem Dach aus beobachtete Abigail die lange Parade von Würdenträgern auf die Stadt zukommen. Klatsch war ihnen vorausgeeilt. Jeder in Hebron wusste mittlerweile ganz genau, wer alles dabei war.

Zunächst war da Abner selbst. Dieser gerissene alte Befehlshaber hatte beschlossen, sein Leben in die Hände seines ehemaligen Feindes zu geben, sein Treuegelöbnis abzulegen und David einfach freie Hand zu lassen. David hatte ihm Sicherheitsgarantien gegeben – sowie die Zusage, dass er den Posten des Oberbefehlshabers über die vereinigten Heere erhalten würde.

Joab, sein Gegenkandidat um diesen Posten, war zu einem weiteren Beutezug gen Süden geschickt worden. Er wusste vermutlich noch nichts von diesen aufkommenden Ereignissen.

Hinter Abner kamen zwanzig würdevolle Männer auf Eseln, wie es sich für ihre gehobene Stellung geziemte. Sie vertraten alle Stämme Israels. Wie Abner waren sie gekommen, um David ihrer Ergebenheit zu versichern. Und vermutlich waren sie genauso auf einen persönlichen Vorteil aus.

Nur dreißig Krieger, eine symbolische Leibwache, begleiteten die Friedensdelegation. Sie waren eher feierlich als kriegerisch gekleidet. Rote Federn flatterten auf ihren Helmen, und ihre Messingschilde glänzten in der Sonne, als sie in Paradeformation hinter den Botschaftern hermarschierten.

Die letzte Person in dieser Prozession von Würdenträgern war Michal. Abigail sah sofort, dass ihr Einzug nicht annähernd so prunkvoll war wie seinerzeit der von Maacha, der Prinzessin aus Geschur. Michal ritt allein auf einem Esel. Sie hatte keine Sänfte, die von Sklaven auf dem Rücken getragen wurde. Kein großes Gefolge von Frauen, die ihr in ihrem neuen Zuhause dienen konnten. Keine Leibwache. Und keine vollbeladenen Karren mit kostbarem Gut.

Michal war allein. Eine einsame, stolze Frau, die hoch aufgerichtet und königlich auf ihrem Esel ritt. Und doch kam es Abigail so vor, als herrsche sie über den ganzen Zug. Sie kam nicht einfach als Schlusslicht, sondern wurde zum Höhepunkt der Parade – so, als seien alle, die vorher vorbeigezogen waren, lediglich der Vorspann gewesen. Selbst der Esel, auf dem sie saß, schritt stolz aus, langsam, bedächtig. Er trug mit königlicher Würde das majestätische Wesen, die neue Königin Israels. Davids Erste Ehefrau?

Nein. Abigail schüttelte den Kopf und biss die Zähne aufeinander. Sie, nicht Michal, war die Erste Ehefrau. Der König selbst hatte es so bestimmt. Warum musste sie es sich dann selber vorsagen? Warum fühlte sie sich eigentlich bedroht? Was war denn an dieser einsamen Frau in der Ferne, die ihre ganze Aufmerksamkeit forderte und Macht beanspruchte?

Doch für solche Gedanken hatte Abigail jetzt keine Zeit. Genau hier auf diesem Dach würde heute Abend ausgiebig der Frieden gefeiert werden. Die Vorbereitungen waren in dem hektischen Stadium angekommen, in dem das sorgfältige Planen und Kochen und Organisieren, das schon mehrere Tage zuvor begonnen hatte, seinem Höhepunkt zuging. Auf dem breiten Dach standen viele Tische mit feinen Tischdecken, geziert mit den edelsten importierten Tellern, Schüsseln und Krügen.

Bei Sonnenuntergang, als sich die Dunkelheit über der Stadt ausbreitete, wurden Fackeln angezündet. Jetzt war es an Abigail, die Bewirtung ihrer Gäste zu beaufsichtigen, dafür zu sorgen, dass das Fleisch richtig gewürzt war, das Brot knusprig und duftend, das gerade gepflückte Obst in bunten Schüsseln arrangiert, der Käse dünn geschnitten und hergerichtet, das frisch gekochte Gemüse richtig, aber nicht zu stark gewürzt war.

Und der Wein. Davids Frauen würden ihn servieren, nachdem sie den Botschaftern die Füße gewaschen hatten. Abigail hatte vor, Abner selber die Füße zu waschen und ihm Wein einzuschenken. Das würde nicht nur ihren wichtigsten Gast ehren, sondern dabei hätte sie auch Gelegenheit, das

Gespräch mitanzuhören, das sie um nichts in der Welt verpassen wollte.
Was tat Michal wohl jetzt, während es auf dem Dach so hektisch zuging? Abigail zuckte die Achseln. Das würde sie später erfahren. Vielleicht würde es dem Neuankömmling ja guttun, wenn sie merkte, dass die Feier hier oben – nicht sie – an diesem festlichen Abend im Mittelpunkt stand.

Die Gäste kamen bei Sonnenuntergang. Sie wurden zu den Tischen geführt, durch die Zeremonie der Fußwaschung geehrt, bekamen Wein in glänzenden Silberkelchen. Die Speisen wurden in einer eindrucksvollen Zeremonie aufgetragen, so wie Abigail es zuvor einstudiert hatte.
Als sie Abner Wein einschenkte, sah sie Schua an der Treppe zum Hof mit einem schmerzverzerrten Ausdruck auf dem Gesicht. Schua winkte ihr zu, ihre Hand sah im Licht der Fackeln gespenstisch aus.
Nachdem sie Abner und David bedient hatte, ging Abigail ohne Eile und mit Würde durch die festlichen Tischreihen zur Treppe, wo Schua händeringend wartete.
„Was ist denn, Schua?“, flüsterte sie.
„Mutter Abigail! Ihr müsst unbedingt kommen! Da unten …“
Abigail berührte sie am Arm. „Nicht jetzt, Schua. Kümmere dich darum, so gut du kannst. Miriam wird dir helfen. Sie weiß, was zu tun ist.“
„Aber Mutter Abigail …“

„Pssst! Leise!“
„Es ist … es ist diese Frau!“
„Welche?”, fragte Abigail lauter, als sie es Schua gestattet hätte. Doch sie kannte bereits Schuas Antwort.
„Hmm … Michal.“
Abigail atmete tief ein. Groll machte sich in ihr breit. Dass die neue Hausbewohnerin die hektischste Zeit des Tages aussuchen würde, um Schwierigkeiten zu machen, überraschte sie nicht. Dass da unten Dinge vor sich gingen, mit denen sie sich später befassen musste, wenn sie müde war – auch das ließ sich zur gegebenen Zeit regeln.
Am meisten Sorgen machte ihr jedoch Michal. Die neue Ehefrau. Hinterlistig. Gehässig. Clever. Und das war erst der Anfang … Was auch immer sie tat, es durfte das geschäftige Treiben im Haus jetzt nicht stören.
Abigail seufzte. „Lass sie einfach, Schua. Im Moment können wir nichts machen. Wir müssen uns später darum kümmern.“
„Aber, Mutter Abigail …“
„Tut mir leid. Ich muss weitermachen.“
Abigail ging durch die Tischreihen zurück zu den leeren Weinbechern ihres Ehemannes und seines Ehrengastes. Sie runzelte die Stirn und war sich bewusst, dass sie das Gesicht verzerrt hatte. Volle Weinbecher waren wichtiger als sich mit Familienproblemen herumzuschlagen. Sie seufzte wieder, so dass David stirnrunzelnd zu ihr hochsah, besorgt und erstaunt. Abigail lächelte ihn strahlend an, und er wandte sich wieder seinem Gast zu.

Abigail zwang sich, die Schultern gerade und den Kopf hoch zu halten und ihre Laune als bestens erscheinen zu lassen. Sie war zwar schon erschöpft, doch nach dem Festessen wartete noch einiges auf sie. Das Aufräumen. Nicht die Unordnung auf den Tischen, der verschüttete Wein, die Essensreste. Dieses Aufräumen würde schnell erledigt sein. Nein, am meisten beunruhigte es sie, was für eine Unordnung ein Stockwerk tiefer herrschte … Und sie wusste nicht einmal, was da los war.

Das Festessen zog sich in die Länge. Viele Weinkrüge wurden geleert. Die Botschafter wurden lauter, ihre Stimmen rauer. David trank wenig und bewahrte sich seine Würde. Die Lieder, die er für seine Gäste sang, beruhigten sie durch ihre Schönheit und ihren Zauber.

Abigails Aufgabe, die Arbeit der Frauen zu überwachen, lenkte sie von den besorgniserregenden Vorfällen da unten ab. Genau jetzt sollten bedeutende Reden gehalten werden; Abigail hörte aufmerksam zu. Abner verkündete unerschütterliche Treue gegenüber David. Die Gesandten sicherten die feste Unterstützung jedes einzelnen Stammes in Israel zu. Die Frage kam auf, was mit Isch-Boschet geschehen sollte.

David äußerte sich deutlich, indem er festlegte, dass ihm kein Haar gekrümmt werden dürfe. „Der Gesalbte des Herrn ist unantastbar; dem König gebührt Ehre und dem ganzen Haus Sauls Respekt.“

„Und die Absetzung!“, brüllte ein betrunkener Botschafter.
„Und das Exil!“, plärrte ein anderer.
„Nein.“ Davids ruhige Stimme ließ alle aufhorchen, und die Versammlung wurde still. „Sie sollen in Frieden leben dürfen. Und behandle sie respektvoll!“
„Aber David, mein Herr“, meldete sich einer zu Wort, dessen Stimme vom Wein rau und mitgenommen klang. „Wir wollen, dass du gesalbt wirst und das Zepter über Israel bekommst.“
„So soll es sein.“ Davids gleichbleibend ruhige Stimme verbreitete Gelassenheit in einer Situation, die zu entgleiten drohte. „Aber ich werde hier gesalbt – in Hebron. Isch-Boschet kann in Mahanajim bleiben – unangetastet und geehrt.“
Bloß gut, dass Joab nicht hier ist, dachte Abigail. Er würde vermutlich seine Tötung verlangen. Nein, würde er nicht. Er würde gar nichts sagen … Er würde einfach hingehen und es tun.
Aber was würde passieren, wenn Joab heimkehrte?

Als die Feier gegen Mitternacht ihrem Ende zuging, richtete Abigail auf dem Dach die Schlafgelegenheiten für die Gäste her. Die Tische wurden weggeräumt, während die Männer an der Brüstung unter den Sternen standen. Der Boden wurde gefegt, Schlafmatten herbeigetragen und ausgerollt. Die Nachtluft war angenehm warm – die Gesandten würden bestimmt tief und fest schlafen.

Endlich konnte sich auch Abigail mit den anderen Frauen zurückziehen. Trotz ihrer Müdigkeit wünschte sie fast, hier oben bleiben zu dürfen – aus Angst vor dem, was sie dort unten erwartete. Aber dann fand sie doch nicht das Chaos vor, mit dem sie gerechnet hatte.
Michal hatte die Tür zu dem langen Schlafgemach verschlossen und verriegelt, nachdem sie alles und jeden zurückgewiesen hatte. Die Kinder, die kurzerhand aufgeweckt und hinausbefördert worden waren, hatte man in ein Nebenzimmer geführt, wieder beruhigt und zum Schlafen gebracht. Alles Bettzeug und die persönliche Habe der Frauen waren auf dem Boden im Hof gelandet.
Eine Leibwache aus dreißig Männern stand in einer langen Reihe vor der Schlafzimmertür. Ihre roten Helme mit den Federn wirkten im Licht der Fackeln riesengroß. Abners Leibwächter. Eigentlich gehörten sie jetzt in ihre Unterkünfte, aber sie waren hier: offenbar auf Michals Geheiß.
Die Frauen erwarteten weitere Anweisungen von Abigail. Was sollte sie tun? David aufwecken, damit er sich darum kümmerte? Hezro aus der Soldatenunterkunft holen und ein paar von Davids Kriegern zusammenrufen, damit sie Abners Leibwache vertrieben?
Nein. Sie würde nichts unternehmen, um die Lage weiter zu verschärfen. Am besten wäre es wohl, das Ganze einfach zu ignorieren und am nächsten Morgen weiterzusehen. Beruhigend sprach sie zu den nervösen, erschöpften Frauen.

„Ihr habt alles so gut gemacht", sagte sie. „Das Fest heute Abend ging so reibungslos vonstatten, trotz dieses … kleinen Problems. Ihr habt eure Ruhe verdient. Nehmt euer Bettzeug und geht in die Nebenzimmer, oder legt euch einfach hier in den Hof. Vergesst nicht, wir müssen bei Sonnenaufgang aufstehen und den Männern das Frühstücksbrot backen."

„Aber, Mutter Abigail, was ist mit …"

„Morgen." Abigails Stimme klang fest. „Wir kümmern uns morgen darum."

Die Frauen suchten ihr Bettzeug zusammen und begaben sich für die restlichen Stunden der Nacht zur Ruhe.

Abigail ließ sich auf einer Bank nieder, lehnte sich gegen eine Mauer. Nur einen kurzen Moment, sagte sie zu sich selbst. Dann muss ich nachdenken … Planen, was am Morgen zu tun war. Was zu tun war, wenn das Frühstücksbrot gebacken war. Wenn Michal aufwachte. Und die Leibwächter …

Die Sonne auf ihrem Gesicht ließ sie erschreckt aufwachen. Ihr Körper war verkrampft und erschöpft, der Rücken tat ihr weh, weil sie sich im Schlaf an die Wand gelehnt hatte.

Sie schaute sich um. Auf dem Boden im Hof lagen mehrere Decken, deren reglose Besitzer tief und erschöpft schliefen. Die Männer von Abners Leibwache schliefen auch – sitzend an die Wand gelehnt oder auf dem Boden ausgestreckt. An diesem Morgen leuchteten die roten Federn gar nicht so stark.

Miriam schlief auf einer Decke ganz in ihrer Nähe. Sie musste sehr müde sein. Abigail ging zu ihr und schüttelte sie sachte.

„Wach auf, Miriam. Wir müssen sofort mit dem Backen anfangen."

Miriam schleppte sich zu dem Ofen in der Ecke des Hofes. Das Feuer war über Nacht sorgfältig mit Asche bedeckt worden. Jetzt legte sie etwas Brennholz nach und brachte den Ofen auf die richtige Backtemperatur. Die Laibe waren schon am Vortag vorbereitet worden; bald verströmte das frische Brot seinen verführerischen Duft über den ganzen Hof. Dann ging Abigail zu dem Offizier der Leibwache und weckte ihn auf.

„Herr", sagte sie leise, „wenn Ihr und Eure Männer Euch dort an die Tische setzt, serviere ich Euch frisches Brot und Käse, vielleicht auch etwas Obst."

Der Befehlshaber, ein junger Adliger, starrte sie an. Abigail fragte sich, was er an diesem Morgen erwartet hatte. Gewiss nicht das. Sie lächelte ihn an. „Bald werden die Männer auf dem Dach aufstehen und dann werden sie frühstücken wollen. Ihr könnt als erstes anfangen. Erfrischt Euch und genießt die Gastfreundschaft des Königshauses von David."

Die anderen Frauen waren mittlerweile aufgestanden. Sie stolperten verschlafen über den Hof und erledigten ihre Hausarbeit. Noch mehr Brot wurde in den Ofen geschoben. Bald schon hörte man Stimmen vom Dach her. Die Leibwachen beendeten hastig ihre Mahlzeit, setzten die Helme auf und stellten sich entlang der Hofmauern in Wachposition.

David und Abner kamen gemeinsam die Treppe herunter. Sie sahen frisch und ausgeruht aus. Ob der äußere Schein wohl trügte? Waren sie nicht genauso müde wie die Frauen? David schaute zu der Leibwache hinüber. Ob er sich wohl fragte, was die hier zu suchen hatte? Nein. Seine Höflichkeit als Gastgeber war stärker. „Haben diese Krieger Frühstück bekommen?“, erkundigte er sich.

„Ja, mein Herr und Ehemann“, erwiderte Abigail.

Abner wandte sich zu David. „Aber was machen die denn hier? Ich habe ihnen gesagt, sie sollen an den Unterkünften warten.“

David schaute zu Abigail. Ihm stand eine unausgesprochene Frage ins Gesicht geschrieben. Doch Abigail machte sich am Tisch zu schaffen und schnitt Käse.

Abner winkte den Offizier der Leibwache herbei, der steifbeinig zu ihm hin marschierte und vor ihm stehenblieb.

„Warum seid ihr hier?“

Der junge Mann lächelte. Er kam augenscheinlich aus einer bedeutenden Familie und ließ sich nicht einmal von seinem Oberbefehlshaber aus der Fassung bringen.

„Du hast uns gebeten, dafür zu sorgen, dass sich die Herrin Michal wohlfühlt, Herr. Wir haben auf sie aufgepasst, Herr.“

„Ach so“, entgegnete Abner zögernd.
„Und wo ist die Herrin Michal jetzt?“, fragte David.
„Da drinnen, Herr“, antwortete der Offizier und deutete auf die Tür zu dem langen Schlafzimmer.
David schaute um sich. Er sah das lebhafte Treiben im Hof: Frauen trugen Obstschalen, backten Brot im Ofen, stellten Wasserkrüge auf die Tische. Noch mehr Männer kamen die Treppe vom Dach herunter, angelockt vom Duft des frischen Brotes. Manche fragten nach Wein – vermutlich, weil ihr Kopf nach zu viel Wein am Vorabend heftig pochte.
Dann wandte sich David an Abigail. „Ist alles in Ordnung, meine Frau?“
„Jawohl, mein Ehemann. Gestern Abend haben wir Michal das lange Schlafzimmer überlassen … um ihr die erste Nacht im königlichen Haus angenehmer zu machen.“
David blickte sie eine Weile nachdenklich an. Daumen und Zeigefinger massierten sein Kinn. „Verstehe“, murmelte er. „Gibt es … hm … Kann ich irgendetwas tun?“
Abigail lächelte. „Nein, mein Herr Gemahl. Es ist alles geregelt. Kann ich dir ein Stück Dattelbrot anbieten? Heute Morgen frisch gebacken.“
„Danke.“ Er lächelte. „Ich glaube dir. Ja. Es ist alles geregelt.“
Abigail verbeugte sich und kümmerte sich um die Gäste. Offenbar hatte David ihr Dilemma erraten. Er verstand sie … Und er traute ihr zu, die Situation auch ohne sein Eingreifen zu meistern.

Später, als sich die Gesandten zum Aufbruch bereitmachten, ging David an Abigail vorbei und berührte sie kurz am Arm. „Bis heute Abend“, flüsterte er. „Komm in mein Schlafzimmer. Ich möchte mit dir reden.“

Abigails Herz tat einen Sprung. David hatte sie für die nächste Nacht ausgesucht. Sie … Nicht Michal! Ihre Müdigkeit war wie weggeblasen. Sie summte eine Melodie vor sich hin, während sie nach der Abreise der Männer das Reinemachen beaufsichtigte.

Jetzt, dachte sie und schaute immer wieder einmal zu der verschlossenen Tür hinüber. *Jetzt, Michal, komm aus deiner Höhle gekrochen … jederzeit! Ich bin bereit, mich dir zu stellen!*

17

Die Sonne stand bereits hoch am Himmel, als Michal endlich die Tür aufschloss und in den Hof hinaustrat.

Abigail war gerade damit beschäftigt, den Boden des Ofens auszufegen. Dabei wirbelte Asche und Staub auf, so dass ihr Kleid und das Gesicht schmutzig wurden. Gleich musste sie sich erst einmal umziehen und das Gesicht waschen …

Die plötzliche Stille im Hof ließ sie aufmerken. Abigail erhob sich und wischte ihr Gesicht ab, wodurch sie es allerdings noch weiter verschmierte. Die Tür zu dem langen Raum stand jetzt offen; Michal stand in königlichem Glanz davor.

Sie trug ein langes weißes Kleid mit einer purpurfarbenen Schnur um die Taille. Ihr Haar, elegant hochgesteckt, wurde von einem großen goldenen Stirnreif gekrönt. Eine goldene Kette zierte ihren Hals, Lippen und Augenbrauen waren durch Schminke hervorgehoben. Majestätisch stand sie da – wie eine Königin, die ihr Herrschaftsgebiet inspiziert.

Abigail legte den Besen unverzüglich beiseite und ging auf Michal zu. Die anderen Frauen hatten sich zurückgezogen; erwartungsvoll sahen sie dem Drama entgegen, das sich gleich hier auf ihrem Hof abspielen würde …

Abigail lächelte, als sie vor dem imposanten Neuankömmling stehenblieb. „Willkommen, meine Dame, im königlichen Haushalt von König David, Herrscher von Hebron und bald König von Israel. Wir hoffen, du konntest eine ruhige Nacht verbringen."

Michal mochte auf alles gefasst gewesen sein, aber nicht auf eine solche Begrüßung. Sie verzog ein wenig ihren Mund, und schon war etwas von ihrer Steifheit verflogen. Aber sie hatte sich umgehend wieder gefasst und fragte mit schneidender Stimme: „Und wer bist du?"

„Ich bin Abigail."

„Aha."

Michal sah Abigail verächtlich an und musterte sie von Kopf bis Fuß. Abigail hatte Mühe, unter ihrem kalten Blick die Haltung zu bewahren, denn sie war sich ihres schmutzigen Äußeren bewusst. Aber sie versuchte, ihr Lächeln beizubehalten.

Michals nächste Worte waren an Verachtung nicht mehr zu überbieten: „Abigail. Witwe von Nabal, dem Narr. Davids dritte Ehefrau."

Es war genauso, wie Abigail es erwartet hatte: Herablassung war Michals Strategie – sie stand in eisiger Hochnäsigkeit da und schaute auf die niederen Kreaturen herab. Abigails Gegenstrategie hieß: Haltung, gute Laune und Freundschaft.

„Michal", entgegnete sie und bemühte sich, ihrer Stimme einen warmen Klang zu geben – ohne den leisesten Hauch

von Sarkasmus. „Tochter von König Saul. Davids erste Liebe. Du bist herzlich willkommen."
Michals Augen wurden schmal, und sie presste die Lippen aufeinander, sodass ihr Gesicht noch härter wirkte. Offenbar hatte sie nicht mit Herzlichkeit gerechnet. Hatte sie sich darauf eingestellt, Beleidigungen auszutauschen? Oder mit Worten gegen ihre Rivalinnen zu streiten, sie anzustacheln, dass sie aus der Fassung gerieten und dumm dastanden? Möglich. Offenbar hatte sie keinen Gegenangriff auf Höflichkeit eingeplant.
„Ihr könnt das Frühstück auftragen", sagte sie nur.
„Es ist schon fertig." Abigail wies mit ihrer ausgestreckten Hand zum Tisch. „Frischgebackenes Brot, Käse, Obst. Was magst du?"
„Während ich frühstücke, sollt ihr Vorkehrungen für meine Bedürfnisse treffen. Ich bin hastig aufgebrochen und konnte meine Diener und meine Habe nicht mitbringen. Ich brauche mindestens fünf Frauen, die mir zu Diensten sind … neue Teppiche für mein Zimmer … die besten Möbel … und zehn Eunuchen als persönliche Leibwache."
Abigail hatte Mühe, sich zu beherrschen. Sie hätte der anderen fast ins Gesicht gelacht. Eunuchen! Sie hatte schon von entmannten Männern gehört, die im Gefolge einer Königin dienten, in Ägypten oder Babylon oder in einem anderen Hof in irgendeinem fernen Land. Aber in Israel wäre solch ein Diener undenkbar, ja lächerlich.

„Ich werde natürlich im Schlafzimmer des Königs schlafen", fuhr Michal fort. „Aber ich werde dieses Zimmer als mein eigenes behalten. Es ist kaum angemessen, doch es wird schon gehen."

Abigail hielt kurz inne, bevor sie antwortete, denn ihre Worte sollten freundlich sein – aber im Moment war ihr ohnehin eher nach Lachen zumute. Nach ihrer Strategie musste sie jedoch gleichermaßen respektvoll wie jovial sprechen. Diese Frau machte es ihr wirklich schwer, sie nicht auszulachen!

„Sieh bitte ein, Herrin, dass wir es hier sehr eng haben. Das Haus ist ungeeignet für unsere wachsende Familie. Wir haben unseren Herrn, König David, schon mehrmals um ein neues Haus gebeten ... oder zumindest ein zweites Haus als Unterkunft für unsere Leute. Er hat uns einen großen Palast versprochen, aber nicht in Hebron. Geduld, riet er uns. Und wir sind geduldig. Du kannst in dem großen Zimmer bleiben, bis du dich etwas eingewöhnt hast – aber wir hoffen, dass du uns schließlich gestatten wirst, es mit dir zu teilen."

Abigail sah aufmerksam hin, welche Wirkung ihre lange Rede auf Michal haben würde. Den Worten war durch ihr Lächeln und ihre höfliche Art der Stachel genommen, doch der Inhalt durchbohrte ihr gewiss das Herz. Aber wenn es so war – Michal ließ es sich jedenfalls nicht anmerken. Sie schaute Abigail unverdrossen an, bevor sie wieder redete.

„Geh und wasch dir das Gesicht, Kind."

Dann drehte sie sich um und ging gemessenen Schrittes zum Tisch, wo sie ihr Frühstück erwartete.
Abigail starrte ihr hinterher. Wer hatte die erste Runde gewonnen? Vermutlich keine von beiden. Wenn Michal erfuhr, dass Abigail – und nicht sie – heute Abend von David erwartet wurde, würde sie wahrscheinlich einen Wutanfall bekommen ... Ob mit diesem Tag die glücklichen und ruhigen Zeiten im Haus des Königs vorbei waren?

Am späten Nachmittag kam David nach Hause. Er hatte heute keine Gäste zum Abendessen dabei, obwohl seine Frauen wie immer für mehr Personen gekocht hatten. Nur Schamma und Hezro waren bei der Mahlzeit auf dem Dach anwesend. Kurz nach dem Essen zogen sich die beiden Krieger mit ihren Frauen in ihre eigenen Schlafzimmer auf dem Dach zurück.
David stand allein an der Brüstung, schaute nach Westen, beobachtete die verblassenden Farben des Sonnenuntergangs und genoss die Abendkühle. Die Frauen hatten bereits die Reste des Abendessens fortgeräumt.
„Abigail.“ Er sprach leise, ohne die Augen vom fernen Horizont zu wenden.
Abigail vernahm das und kam zu ihm. „Ja, mein Herr Gemahl?“
„Das Fest gestern Abend war gut gelungen, Liebes.“
„Danke.“

Es war nicht üblich, dass er sie für etwas lobte, was man schließlich von ihr erwartete. Sie suchte nach einer tieferen Bedeutung seiner Worte. Sie glaubte, sie gefunden zu haben, und Davids nächste Äußerungen bestätigten es ihr.

„Du erledigst alle Pflichten einer Ersten Ehefrau mit großem Sachverstand. In jeder Hinsicht."

„Danke."

„Und auch den Umgang mit einer wachsenden Anzahl von Ehefrauen."

Sie wartete, denn sie wusste, dass er noch mehr zu sagen hatte.

Er seufzte. „Es tut mir leid, dass ich dir in einer schwierigen Zeit die Last einer weiteren Ehefrau aufgebürdet habe ... eine Ehefrau, die zum Bersten voll ist mit Stolz und Bitterkeit."

Abigail lächelte in der Dunkelheit. Er verstand mehr davon, als ein Mann sollte. Er war gestern Abend mit Staatsangelegenheiten belastet gewesen, doch er war einfühlsam genug, auch die häuslichen Probleme wahrzunehmen.

Mit einem traurigen Lächeln wandte er sich ihr zu. „Ist alles in Ordnung, Liebes?"

Sie lächelte ihn an, ließ Zuversicht und Ruhe in ihrer Stimme erkennen. „Natürlich, mein Ehemann. Mach dir keine Sorgen. In deiner Familie steht alles zum Besten."

Er betrachtete einen Augenblick forschend ihr Gesicht und ließ Daumen und Zeigefinger geistesabwesend zu seinem

Kinn wandern. Unter seinem Blick fühlte Abigail sich allmählich unwohl.

„Ich hoffe, du verstehst, warum ich sie zurückgeholt habe", sagte er leise. Natürlich meinte er Michal.

Sie nickte. „Sie ist die Tochter von König Saul. Du wolltest allen zeigen, dass das Haus David seine Verbindung zum Haus Saul aufrechterhält."

„Du erfasst immer die politische Situation – besser als die meisten Männer. Ja, das ist der Hauptgrund. Doch ... da ist noch einer."

Abigail wartete ab. Sie spürte, dass ihr Mann noch etwas sagen wollte.

Er fuhr fort. „Jeder soll wissen, dass das Haus des Königs unantastbar ist. Ich möchte, dass niemand mir eine Frau wegnimmt. Weder Amalekiter, noch ... ein einzelner." Er hielt inne. „Verstehst du, was ich damit sagen will?"

Seine Worte waren bewusst unklar formuliert. Er konnte das ganze Gefolge von Ehefrauen meinen, ein Schutz, der sich auf die ganze Königsfamilie erstreckte. Das war, wie sie wusste, ein Vorgehen aller Könige überall.

Oder hatte er sich darauf bezogen, wie er seine Familie von den Amalekitern gerettet hatte? Es wäre viel leichter für ihn gewesen, einfach ein paar neue Frauen zu nehmen und neu anzufangen ... Doch genau das hatte er nicht getan. Um fest den Grundsatz einzuführen, dass die Königsfamilie unantastbar war?

Oder meinte er etwa ... *sie*? Seine wahre Liebe?

Abigail lächelte. Es war närrisch, das wusste sie. Doch sie beschloss, Letzteres anzunehmen. „Danke, Lieber“, murmelte sie.

Er stand da im Sternenlicht und schaute zärtlich auf sie hinab. Ja, sie konnte leicht an die letztere Bedeutung glauben. Sie vertrieb den Gedanken, dass er dasselbe zu jeder seiner Frauen sagen könnte. Nein. Das konnte nicht sein! Er hatte nur sie gemeint. Sie allein.

Seine nächsten Worte waren eine Einladung, aber kein Befehl. „Möchtest du mir erzählen, was gestern Abend passiert ist?“

Abigail hielt inne. Sie hatte sich vorgenommen, die hausinternen Angelegenheiten allein zu regeln, ohne Eingreifen ihres Mannes. Das würde sie auch weiter tun. Aber warum sollte sie es ihrem Mann nicht erzählen? Vielleicht amüsierte es ihn gar. Und bestimmt würde er sich nicht einmischen – das wusste sie genau.

Sie begann mit Schuas beinahe hysterischem Lagebericht über das Chaos unten, während auf dem Dach das Essen aufgetragen wurde, und was sie dann nach all der Arbeit nachts vorgefunden hatte. Sie zeichnete Michals großartigen Auftritt am Morgen im Hof nach und gab ihre Begegnung Wort für Wort wieder.

David lachte die ganze Zeit über leise in sich hinein. Wie Abigail vermutet hatte, amüsierte er sich sehr über die Geschichte. Als sie fertig war, drehte er sich zu ihr und lächelte.

„Dachte ich's mir doch, dass es so etwas war“, sagte er leise. „Aber ich hatte volles Vertrauen, dass du die Lage in den Griff bekommst … Und wie ich sehe, wurde mein Vertrauen nicht enttäuscht.“

„Und *mein* Vertrauen wurde durch deine Einladung gestärkt, die Nacht mit dir zu verbringen, mein Gemahl.“

„Ich gebe zu, ein Grund für meine Einladung war, dir meine Unterstützung zuzusichern. Aber da gab es noch einen Grund.“

„Ach ja?“

Er berührte ihre Hand. „Ich habe dich an meiner Seite vermisst, Liebes. Während ich meinen Pflichten als König nachkomme, denke ich oft an dich …“

Ihr Herz machte einen Satz. Nichts Schöneres hätte er gerade sagen können als diese Worte. „Danke, Liebster. Ich habe dich auch vermisst.“

„Dann lass uns nicht noch mehr Zeit verlieren …“

Er brach ab, denn vom Hof unten drangen Geräusche zu ihnen hoch. Stimmen. Verärgerte Stimmen. Wieder Michal? Nein. Es waren Männerstimmen.

David eilte zur Brüstung, um einen Blick in den Hof hinunter zu werfen. Abigail kam hinterher.

„Joab!“ Das Wort explodierte nur so von Davids Lippen.

Die Szene im Hof, die Abigail verfolgen konnte, war gespenstisch und schauerlich. Zwei Männer standen da unten – mit Fackeln, die auf ihren Helmen flackerten und tanzende Schatten auf den Boden warfen.

Joab. Und sein Bruder Abischai.

18

„Was hast du getan?“ Mit scharfer, zorniger Stimme schrie Joab diese Frage. „Du lässt deinen Feind entkommen, wo du ihn doch schon hier hattest …“

„Joab, beruhige dich doch. Lass dir erklären …“

„Weißt du denn nicht, dass Abner unser Feind ist? Weißt du nicht, dass er jetzt hinterlistige Pläne gegen dich ausheckt? Er ist hergekommen, um dich auszuspionieren. In ein paar Wochen ist er mit seinem Heer wieder da und vernichtet dich.“

„Joab. Hör mir zu. Er …“

Doch Joab wollte nicht zuhören. Er drehte sich um und marschierte aus dem Hof, sein Bruder hinterher. Plötzlich lag der Hof wieder im Dunkeln, und Abigail sah die beiden Fackeln sich ruckartig durch die Stadt bewegen – auf Joabs Haus zu.

Im schwachen Sternenlicht erkannte Abigail die harten Züge auf Davids Gesicht. „Warum lässt du ihn so mit dir reden?“, fragte sie sachte.

Er schüttelte traurig den Kopf. „Er ist mein Neffe. Nie habe ich seine Loyalität angezweifelt. Er fährt leicht aus der Haut. Aber er wollte mich nicht beleidigen.“

„Aber … was wird er tun?“
David zuckte die Achseln. „Nichts, vermutlich. Lass uns einfach abwarten. Wenn er wieder zu sich gekommen ist, wird er die Lage akzeptieren.“
„Und wenn nicht? Wenn er beschließt, die Dinge selbst in die Hand zu nehmen? Das wäre nicht das erste Mal.“
David drehte sich zu ihr und lächelte. „Das steht in Jahwes Händen, Liebes. Lass es ruhig dort.“
Abigail merkte, wie sie bei diesen Worten erstarrte. Wenn es ernst wurde, dann flüchtete sich ihr Mann in seinen Glauben … Das ging ihr zu weit. Frömmigkeit, ja. Aber weigerte David sich nicht manchmal, die Realität zu akzeptieren? Lass Jahwe nur machen … Lass das Königreich in Schutt und Asche fallen … wenn es Gottes Wille ist …
Doch das konnte sie ihm nicht sagen. Statt dessen fragte sie: „Was willst du tun?“
„Was auch immer – ich mache es morgen. Nicht heute Abend. Vor uns liegen noch wichtigere Dinge.“ Er nahm ihre Hand und führte sie in sein Schlafzimmer.
Aber für sie war der Zauber verflogen. Dieser magische Augenblick der Liebe … Joabs unbeherrschtes Auftreten hatte ihn zerstört. Sie fragte sich, ob sie ihn je wiederherstellen könnten.

Am nächsten Morgen kurz nach Sonnenaufgang war David zu Joab aufgebrochen. „Um den Schaden zu beheben“, hatte er zu Abigail gemeint.

Am späteren Vormittag nahm Abigail eine gewisse Unruhe in der Stadt wahr. Als sich die Hoftore für die Händler öffneten, erfuhr sie die Neuigkeiten.

„Abner ist tot", berichtete ihr ein Kaufmann.

„Joab hat ihn getötet", wusste ein anderer. Aber mehr konnte man ihr nicht erzählen. Die Nachricht war noch so neu, dass keine Einzelheiten bekannt waren.

Die Bettler würden mehr wissen, überlegte Abigail. Die wussten immer alles, war in Hebron passierte. Sie würde mit ihnen reden, wenn sie ihnen am Mittag etwas zu essen brachte. Wie immer hatten sich etliche von ihnen vor dem Tor ihres Hauses versammelt, wo sie ihnen regelmäßig Reste vom Abendessen oder vom Frühstück brachte.

Abigail erkannte zwei von ihnen: Schekania den Ithriter und Arnan den Schumathiter, zwei alte Soldaten, die früher in Sauls Armee gekämpft hatten. Sie waren von Saul zu David übergelaufen. Beide stammten aus alteingesessenen hebronitischen Familien, aber das Alter und körperliche Gebrechen hatten sie verarmen lassen. An diesem Morgen waren die beiden sehr gesprächig, ja sie platzten fast vor Neuigkeiten.

Mit seinen knochigen Fingern stopfte sich Schekania altbackenes Brot in den zahnlosen Mund. Deswegen waren seine Worte nur undeutlich zu verstehen. „Dieser Joab, ganz schön pfiffig. Bringt den alten Abner um."

Arnan hatte seine Krücke gegen die Wand gelehnt, um beide Hände für den Käse frei zu haben, über den er sich jetzt hermachte.

„Hat ihm einfach den Bauch aufgeschlitzt, hat er. Hihi. Genau wie der Alte bei Asaël gemacht hat."

Er meinte Joabs jüngeren Bruder, den Abner ein paar Jahre zuvor getötet hatte. Joab und Abischai hatten damals Blutrache geschworen, um den Tod ihres Bruders zu rächen.

„Wo ist das passiert?", fragte Abigail.

„Stadttor, Gnädigste", erwiderte Schekania.

„Abner ist doch gestern abgereist. Wie ... ?"

„Weiß nich'." Arnan lehnte sich an die Mauer. Auf sein verdrehtes Bein konnte er sich nicht stützen. „Hat ihm wohl eine Botschaft geschickt. Ha! Als Köder, sehr wahrscheinlich. Hat gesagt, der König will ihn treffen – und er soll wieder zurückkommen!"

„Hättet mal Euren Gemahl, den König, sehen sollen, Gnädigste, als er das erfuhr. Hat sein Kleid zerrissen. Staub über sich geworfen. Hat geklagt. Und wie laut! Dass die großen Tiere von den Stämmen Israels ihn auch wirklich hören."

„Red' keinen Unsinn, Schek." Arnan stopfte Brot und Käse in die Tasche seiner zerlumpten Kleider. „Der König meinte es ernst. Das war nicht gespielt. Hast wohl nicht die Tränen gesehen?"

„Ja, gut, mag ja sein. Aber Joab hat überhaupt nichts so gemeint ... Geklagt hat der aber genauso laut wie der König!"

In Abigails Innern zog sich alles zusammen. Ja, ihr Mann

hatte Abners Tod gewiss ernstlich betrauert. Und das nicht nur aus politischem Kalkül; sie wusste, dass David seinen alten Feind wirklich gemocht und respektiert hatte.
Aber Joab? Seine Trauer war scheinheilig. David hätte Joab bestrafen sollen, anstatt auch noch zuzulassen, dass er das Dahinscheiden des Mannes betrauerte, den er gerade umgebracht hatte. Politik schon wieder. Joab wusste, dass die Gesandten zuschauten. Indem er in das Wehklagen einstimmte, konnte er ihnen den Eindruck vermitteln … ja welchen eigentlich? Die hatten bestimmt gemerkt, dass seine Trauer nicht ernst gemeint war. Warum also …?
Sie schüttelte verwirrt den Kopf und hörte weiter dem Klatsch der Bettler zu, die ihre Weisheit von der Straße bezogen.
„Joab – der alte Fuchs – wusste genau Bescheid. Wusste, die großen Tiere von Israel würden denken, er hat Abner wegen der Blutrache erstochen. Würden das nicht dem König vorwerfen. Hihi. Nur eine kleine private Rache."
„Aber hier in Hebron … in der Freistadt?", fragte Abigail.
„Ist Joab egal, Gnädigste", erwiderte Schekania. „Hat keine Skrupel wie Euer Mann."
„Blutrache, das war ja nur das eine." Arnan stopfte ein Stück Käse in seine Tasche. „Abner, der sollte Oberbefehlshaber werden. Und Joab, der mochte das nicht – überhaupt nicht."
„Wo sind sie jetzt?", fragte Abigail.
Auch Schekania verbarg Brot und Käse in seinen Kleidern.

Er entgegnete: „Abner begraben. Der Trauerzug ging Richtung Höhlengräber."
Die Höhlengräber – das felsige Hügelland im Osten, wo die wohlhabenden Hebroner Bürger Gräber besaßen. David bereitete Abner also eine ehrenvolle Bestattung! Um die Gesandten Israels von seiner Unschuld zu überzeugen? Ja, das könnte er. Aber David tat es gewiss auch, um Abner zu ehren. Joab würde derweil neben ihm hergehen und so laut wie die anderen klagen. Die Politik des Trauerns.
Als sie die beiden alten Soldaten verließ und sich wieder an ihre Hausarbeit machte, wusste sie, dass sie für heute kein Abendessen zu bereiten brauchte. David würde fasten, wie immer, wenn seine Männer im Kampf fielen.
Diese Bettler, dachte sie auf einmal. Sie hatten Lebensmittel in ihre Kleidung gestopft! In ihrer Weisheit, die sie auf der Straße lernten, hatten sie schon vor Abigail gewusst, dass es heute im königlichen Haus kein Abendessen geben würde … Also morgen auch keine Reste. Das Fasten bei einer Bestattung hatte für sie eine andere Bedeutung als für David.
Wieder staunte sie über ihren Mann. Er war nicht nur ein frommer Mensch, sondern auch ein kluger Politiker. Diese beiden Eigenschaften ließen sich bei ihm nicht trennen. Seine Trauer um Abner war nicht nur Gefühlssache, sondern gleichzeitig auch praktische Überlegung.
Joab hatte gegen das Gesetz verstoßen, indem er in einer

Freistadt seinen Blutsfeind tötete. Er hatte klar gegen den ausdrücklichen Befehl seines Königs verstoßen. Er hatte den Tod verdient. Und dennoch lebte er weiter. Er behielt seinen Posten als Oberbefehlshaber. Er trauerte laut bei der Beisetzung seines verhassten Feindes.

David tat nichts dagegen. Warum? *Er braucht Joab,* wurde ihr plötzlich klar. Er brauchte einen Mann für die schmutzige Arbeit, der tat, was getan werden musste – ohne Skrupel, ohne Gewissen, ohne Zögern. David war sanft, gefühlvoll, fromm. Er konnte so etwas nicht selber tun. Doch er wusste – als erfolgreicher Politiker –, dass manche Dinge getan werden *mussten*. Und so behielt er Joab.

„Er ist mein Neffe", war die einfache Antwort auf ihre Frage gestern Abend gewesen. „Ich habe nie seine Loyalität angezweifelt."

Abigail seufzte. Ja, ihr Mann brauchte Joab. David wusste es; genau wie Joab. Wie oft würden solche Dinge noch vorkommen?

19

Maacha, die stolze junge Prinzessin aus Geschur, löste das Problem von Michals Besetzung des Schlafzimmers.

Eines Tages, als Michal aus dem Zimmer getreten und hoch erhobenen Hauptes zum Frühstückstisch stolziert war, nahm Maacha kurzentschlossen ihren kleinen Sohn an die Hand und betrat mit ihren drei Dienerinnen und dem Bettzeug und sonstigen Habseligkeiten das Zimmer. Als Michal zurückkehrte, bekam sie mit, wie die Frauen dabei waren, sich gemütlich einzurichten.

Abigail wartete richtiggehend auf einen Wutausbruch von Michal, aber es kam keiner. Sie zuckte einfach die Schultern und akzeptierte das Unvermeidbare.

Noch vor Ende des Tages waren viele der anderen Frauen ebenfalls eingezogen. Michal erhob keine Einwände. Obwohl sie sich weiterhin von den anderen Frauen fernhielt, gab es keinen neuen Arger.

Gelegentlich fuhr Michal die eine oder andere Frau scharf an. Doch nach Abigails Vorbild wurde jeder Ausbruch entweder ignoriert oder mit einer freundlichen Bemerkung entkräftet.

Ahinoam erinnerte sich an ein altes Sprichwort, das bald in aller Munde war: „Eine sanfte Antwort stillt den Zorn, aber harte Worte erregen Grimm." Abigail fiel noch ein anderes Sprichwort ein, über das alle lachten: „Besser in einem Winkel auf dem Dach leben, als mit einem zänkischen Weib zusammen in einem Haus."

Eine seltsame Freundschaft entwickelte sich zwischen Michal und Maacha. Abigail beobachtete erstaunt, wie die Bindung zwischen den beiden immer enger wurde. Sie hatten so wenig gemeinsam, außer dass beide in einer Königsfamilie geboren worden waren. Da war der Altersunterschied – sie trennten fünfzehn Jahre. Michal war kinderlos, wogegen Maacha einen kleinen Säugling versorgte. David holte Maacha gelegentlich zu sich, ignorierte aber Michal. Michal war ohne Dienstboten ins Haus gekommen, während für Maacha drei Dienerinnen aus ihre Heimatland sorgten. Die Ältere bekam gelegentlich Temperamentsausbrüche; sie blieb hochnäsig und reserviert, wogegen die Jüngere, seit sie Abigails Vorherrschaft im Haus akzeptierte, fröhlich und beliebt war und viele Freunde hatte. Trotz aller Unterschiede fühlten sich die beiden zueinander hingezogen – woraufhin die Spannungen im Königshaus nachließen.

David fiel die neugewonnene Harmonie in seiner Familie auf. Eines Abends sprach er Abigail darauf an, während sie noch auf dem Dach standen und sich unterhielten.

„Michal hat wohl ihren Platz hier akzeptiert?" Das war keine Feststellung, sondern eine Frage, die zu einer Erklärung einlud.

Abigail zuckte die Achseln. „Ich glaube, sie war sehr einsam. Sie brauchte jemanden, und Maacha war zufälligerweise genau die richtige, nach der sie Ausschau hielt."

„Eine merkwürdiges Gespann."

„Ja." Abigail hielt inne und fragte sich, ob die Frage, die sie jetzt stellen wollte, ihren Mann beleidigen würde. Sie beschloss, trotzdem zu fragen. „Ich glaube, mein Gemahl, dass … sie dich noch immer liebt. Wenn du sie zu dir holtest … nur einmal … könnte das ihre Stimmung ein bisschen aufhellen."

Davids Gesichtszüge schienen sich augenblicklich zu verhärten. „Nein. Es reicht, dass ich sie hier im Haus aufgenommen habe. Aber ich werde mit ihr keine Kinder zeugen." Er gab keine weitere Erklärung ab, und Abigail drängte ihn nicht. Durch seine Worte hatte er Michal zu einem Leben in Einsamkeit verurteilt.

Abigail erforschte das Gesicht ihres Mannes, den sie, wie sie gedacht hatte, verstand. Dieser Mann, der seinen Frauen gegenüber aufmerksam und einfühlsam war, wandte Michal den Rücken zu. Er hatte sie aus den Armen eines Mannes gerissen, der sie verehrte, aus einem Haus, in dem sie die Hausherrin war und von allen mit Ehrerbietung behandelt wurde – und sie brutal in eine Ecke geschleudert, wo sie weder Macht noch Freunde hatte, die sie unterstützen konn-

ten. Und dann verweigerte er ihr seine Liebe! Abigail blickte ihren Mann an und wunderte sich über ihn.
David war immer ein unversiegbarer Brunnen der Liebe gewesen. Er verwöhnte alle seine Frauen mit zärtlicher Leidenschaft. Jedes Mal, wenn eine in sein Leben trat, umfing er sie mit all seiner Zuneigung. Abigail erinnerte sich, wie er ihr immer das Gefühl gegeben hatte, dass sie – und nur sie – seine wahre Liebe war. Vermittelte er allen seinen Frauen dieses Gefühl?
Vermutlich. Diese Fähigkeit besaß er. Aber warum war sie selber nicht eifersüchtig? Warum verwandelte sie sich nicht in ein zänkisches Weib – wie Michal – und putzte all ihre Rivalinnen herunter? Was war denn das Besondere an ihrem Mann, dass sie akzeptieren konnte, seine Liebe zu teilen, anstatt sie für sich alleine zu beanspruchen?
David war ein Rätsel, tiefgründig und kompliziert. Er heiratete aus politischen oder finanziellen Gründen, liebte aber jede Frau für sich. Das hätte zu Eifersucht unter den Frauen führen müssen – doch in Wirklichkeit war das Gegenteil der Fall: Sie bewunderten ihn. Sogar Michal. Von allen Menschen sollte sie ihn am ehesten hassen. Doch sie tat es nicht. Sie war genauso vernarrt in ihn wie in ihrer Jugend. Aber weil er sie zurückstieß, richtete sie ihren Hass auf andere. Michal war die einzige in der Gemeinschaft seiner königlichen Gefährtinnen, die zänkisch und gehässig war.

Abigail lächelte jedes Mal in sich hinein, wenn sie an ihren unergründlichen Ehemann dachte. Wenn überhaupt jemand die naturgegebene Fähigkeit besaß, den Thron Israels zu besteigen, ein mächtiges Land zu regieren und eine immerwährende Dynastie zu begründen, dann war er es. Gewiss war Gott in sein Leben getreten. Gewiss war David das Hauptwerkzeug in Gottes Händen, um die alte Verheißung zu erfüllen.

Dann, an einem ganz normalen Abend, trat ein Ereignis ein, das diese alte Verheißung ein wenig näher zu rücken schien.

David und seine Männer saßen auf dem Dach beim Abendessen. Mit dem Sonnenuntergang kündigte sich die Abendkühle an, die ihnen Gelegenheit gab, sich von ihrem anstrengenden Tagewerk zu erholen. An diesem Abend waren keine ausländischen Würdenträger zu Gast, statt dessen bewirtete David mehrere seiner eigenen mächtigen Männer.

Nach der Mahlzeit entspannten sich die Männer mit ihren Weinbechern, genossen die anbrechende Dunkelheit und die kühlende Luft. David griff nach seiner Harfe. Sofort dämpften die anderen ihre Gespräche und drehten sich zu ihm um.

Doch kaum hatten seine Finger die ersten Töne gezupft, da wurden sie durch Lärm von unten gestört. Die Wachen am Hoftor hatten jemanden gestellt, der laut um Erlaubnis bat, den König zu sehen.

Schamma, der am nächsten zu der Brüstung mit Blick über den Hof saß, stand auf und schaute hinab.
„Zwei Männer", berichtete er und blinzelte in die Dunkelheit. „Ich glaube, ich erkenne sie."
„Wer ist es?", fragte David.
„Rechab und Baana. Benjaminiter. Ehemalige Offiziere in Sauls Heer."
David nickte. „Ich erinnere mich an sie. Abners Befehlshaber. Jetzt dienen sie Isch-Boschet. Sind sie bewaffnet?"
Schamma schüttelte den Kopf. „Nein. Aber einer von ihnen hat einen Sack dabei. Ich glaube nicht, dass eine Waffe darin ist."
„Dann lasst sie hochkommen. Ich will hören, was sie zu sagen haben."
Einen Augenblick später waren die Männer die Treppe hochgestiegen und standen nun an einem Ende der langen Tafel mit Blick zu David. In dem Sack, den der eine dabeihatte, befand sich irgendetwas Rundes.
„Mein Herr König", sagte er triumphierend. „Wir haben eine großartige Neuigkeit. Euer letzter Feind ist tot!"
„Was soll das heißen?", wollte David wissen.
Der Mann legte den Sack auf den Tisch, griff hinein und holte einen runden Gegenstand heraus.
Einen Menschenkopf!
Abigail drehte sich der Magen um. Der Kopf war ein paar Tage alt. Sie konnte den Verwesungsgeruch bis in ihre Ecke

auf dem Dach riechen. Das Gesicht war verzerrt und geschwärzt.

„Sieh!“, rief der Mann, als er das gruslige Stück an den Haaren in die Höhe hob. „Der Kopf von Isch-Boschet, Sohn Eures Feindes Saul, der Euch nach dem Leben trachtete! An diesem Tag hat Jahwe Euch endgültig den Sieg über alle Eure Feinde gegeben!“

Davids Männer sprangen auf die Füße. Sie starrten den abgetrennten Kopf an. Fackellicht flackerte auf seinen Gesichtszügen, höhnisch schien er die Männergesellschaft anzugrinsen.

David hatte sich auch von seinem Platz erhoben. „Wer hat ihn getötet?“, fragte er in scharfem Ton.

„Wir, mein Herr König. Mögen alle Eure Feinde umkommen wie dieser hier!“

Jetzt redete der andere Mann. Er erging sich in einer leidenschaftlichen Schilderung, wie sie sich in das Königshaus in Mahanajim geschlichen hatten, wo sie Isch-Boschet ermordeten, der auf seinem Lager gerade ein Mittagsschläfchen hielt.

David wartete geduldig, bis sie die Geschichte zu Ende erzählt hatten. Seine Stimme kam wie ein stahlharter Peitschenhieb. „Ich schwöre bei Gott, der allein mich von meinen Feinden errettet: Wer mir sagt, er habe Gottes gesalbten König erschlagen, der muss sterben! So war es immer, *und so ist es auch heute*!“

Er nickte Schamma zu, der den Mann mit dem Kopf in der Hand am Arm packte. Andere Soldaten Davids sprangen vor und nahmen die beiden Männer gefangen.

„Hinweg mit ihnen!“, rief David. „Morgen früh, wenn die Menschen von Hebron zur Wasserstelle kommen und Wasser holen, sollen sie die Leichen dieser beiden Verräter dort am Baum hängen sehen – mit abgetrennten Händen und Füßen! Das ist das Schicksal eines jeden, der die Familie von Jahwes Gesalbtem anrührt!“

„Aber … mein Herr David …“

Ihr Protestgeschrei verhallte, als Davids Männer die beiden Benjaminiter die Treppe hinab und durch das Hoftor hinaus stießen.

Als sie weg waren, sagte David leise: „Dieser Kopf.“ Dieses Wort lenkte die Aufmerksamkeit der verbliebenen Krieger zu dem grässlichen Gegenstand auf dem Tisch vor ihnen. „Morgen wird dieser Kopf ehrenvoll bestattet. In Abners Grab. Und wir werden fasten und seinen Tod betrauern. So soll es sein.“

Abigail schauderte. Der furchtbare Zwischenfall hatte sie zutiefst in Unruhe versetzt. Doch dabei wusste sie, dass das, was ihr Mann getan hatte, ein Akt von Staatskunst war, wodurch sich wieder einmal zeigte, dass er es verdient hatte, Gottes Gesalbter zu sein. Ganz Israel würde nun wissen, dass er mit dem Tod des letzten Verbliebenen aus dem Hause Saul nichts zu tun hatte.

Jetzt stand ihm nichts mehr im Weg, um König über Israel zu werden.

20

Die Tage vergingen. Die Bewohner des Hauses waren fröhlich und voller Harmonie bei der Arbeit. Der *Yoreh* kam – der erste Regen der kühlen Jahreszeit. Jetzt wurden die Tage kalt und stürmisch. Die Abendmahlzeiten – oft waren es offizielle Empfänge mit bedeutenden Gästen – wurden jetzt in einem der Innengemächer eingenommen. Gekocht wurde draußen, während sich die Männer im ofenbeheizten Raum versammelten und feierten.

Abigail, die diese wichtigen Festessen beaufsichtigte, blieb auf jeden Fall in dem Raum, wo die Männer bedient und bewirtet wurden. Sie wollte die Würdenträger sehen, die mit David zu Tisch saßen – und ihre Gespräche mit anhören.

Als die Israeliten zur Krönung nach Hebron kamen, schlugen viele Gesandtschaften ihre Zelte außerhalb der Stadt auf. David sprach jeden Tag so viele Einladungen aus, wie Menschen im Festraum Platz hatten. Und so bekam Abigail sie alle zu Gesicht: Sie sah die betagten Ältesten mit ihren langen, geölten Bärten; die jungen Hauptleute des Heeres, oft mit Schmuckschwertern; die wohlhabenden Grundbesitzer mit ihren edlen, maßgeschneiderten Gewändern; die

Schriftkundigen, die Priester, die Propheten, die Weisen. Sie kamen aus allen Stämmen – „von Dan bis Beerscheba". Viele kamen aus Neugierde, um diesen fähigen jungen Mann zu sehen, der bald ihr König sein würde. Manche waren frühere Feinde, die in König Sauls Heer gekämpft hatten. Die meisten waren freundlich, einige noch etwas reserviert, aber keiner offen feindlich.

David besprach mit ihnen die Ausgestaltung seiner Regentschaft. Sie alle wollten ihn mit einem stehenden Heer unterstützen. Die Größe der militärischen Unterstützung sollte von der Größe des Stammes abhängen sowie davon, wie viele ausgebildete Kämpfer sie bereitstellen konnten. Sie boten auch Reichtümer an: Schafe, Ziegen, Rinder, Esel und sogar ein paar Kamele und Pferde. Manchmal forderte David auch Gold und Silber, je nach ihrer Zahlungsfähigkeit. Diese Abgaben, erklärte ihnen David, dienten überwiegend zum Erhalt des stehenden Heeres.

David selbst legte sich vertraglich fest, das Volk gegen alle Feinde zu verteidigen. Er versprach, der oberste Berufungsrichter für bürgerliches und Strafrecht zu sein, Reisende zu beschützen, den Außenhandel zu fördern und Gesandte in die Nachbarstaaten zu schicken. Und nicht zuletzt: Er wollte einen Königshof unterhalten, der sich mit jedem Hof der Welt messen konnte. Gottes Volk – Israel – sollte mit erhobenem Haupte in der Staatengemeinschaft bestehen können!

Abigail staunte auch weiterhin über Davids natürliche Begabung, als König aufzutreten. Er sah aus wie ein König. Er sprach wie ein König. Er führte seine Geschäfte und politischen Aufgaben wie ein König aus. Kein Herrscher an irgendeinem Hof – Ägypten, Babylon, Syrien oder jene nur gerüchteweise bekannten sagenumwobenen Länder jenseits des Großen Meeres – konnte prächtiger sein als der Mann, der bald der gesalbte König Israels sein würde.

Nicht nur von den Stämmen Israels kamen Abgesandte, sondern auch von anderen Völkern. Abigail war besonders beeindruckt von Hiram, einem jungen Prinzen aus der phönizischen Hafenstadt Tyrus. Er trug das purpurne Gewand, das ein Markenzeichen seines Landes war. Wo immer phönizische Schiffe auf dem Großen Meer kreuzten, war das „Volk der Purpurkleider“ bekannt.

Obwohl Hiram noch sehr jung war, beeindruckte er die Anwesenden durch seine Reife und Weisheit. Als er David am anderen Ende der Festtafel gegenübertrat, sagte er höflich: „Mein Vater bietet dir seine Freundschaft an – genau wie ich.“

„Seine Freundschaft ist geschätzt“, entgegnete David. „Und erwidert – sowohl gegenüber dem Vater als auch dem Sohn.“

„Der große König von Israel sollte in einem prächtigen Palast leben“, bemerkte der junge Prinz. „Hast du Pläne, einen zu bauen?“

„Bald. Doch zuerst will ich einen Tempel zur Ehre Gottes

bauen. Ich will nicht in einem herrlichen Haus leben, während mein Gott in einen Zelt wohnt."

„Dann weiß ich, dass du beides bauen wirst, großer König. Und mein Land wird dir Holz und Handwerker für diese Bauvorhaben zur Verfügung stellen."

Abigail wusste – wie jeder es wusste –, dass jenes kleine, doch mächtige Land nicht nur auf See bekannt und geachtet war, sondern auch an Land. Seine Baumeister genossen Weltruhm; ihr bevorzugtes Baumaterial war Holz – jenes Holz von den berühmten Zedern des Libanon. In Tyrus, der phönizischen Hauptstadt, waren einige der großartigsten Bauwerke der Welt zu bewundern. Ihre Holzkonstruktionen ließen sich in Schönheit und Festigkeit mit der hervorragenden Architektur von Theben messen, die als Baumaterial massive Blöcke aus glattem Stein verwendeten.

David lächelte auf seine unwiderstehliche Art. „Und ich werde euch Material und Arbeit angemessen bezahlen."

Hiram winkte ab und lächelte, wobei sein eigener Charme zum Ausdruck kam: „Von Bezahlung soll nicht die Rede sein. Zwischen uns braucht es keinen Vertrag zu geben. Nur Freundschaft. Wir erwarten für unsere Geschenke keine Gegenleistung."

„Wir für unsere auch nicht", erwiderte David.

Zwei Könige standen sich da gegenüber. Zwei Könige, die in ihrem Königreich noch gekrönt werden mussten. Für den einen würde es in diesem Monat soweit sein, für den anderen erst beim Tod seines Vaters. Abigail hoffte, die Freundschaft zwischen den Königen würde mehrere Generationen andauern.

21

Der Tag der Krönung brach an. Kein Lüftchen regte sich, doch es war bitterkalt. Gelegentliche Regenschauer ließen die Hände an diesem festlichen Anlass vor Kälte erstarren. Der dunkle Himmel blickte finster auf die riesige Menschenmenge auf der Wiese, als wollte er unheilvolle Zeiten für den neuen König verkünden.

Die Zeremonie musste im Freien stattfinden. In kein Gebäude hätten sie alle gleichzeitig hineingepasst – und jemanden auszusperren wäre eine unverzeihliche Beleidigung gewesen. Davids Frauen schauten bewundernd vom Dach des Königshauses zu, wie sich die Menge draußen auf der Weide vor der Stadt in Bewegung setzte, um den beliebten jungen König zu krönen.

David hatte eine eigene Ordnung für diese Krönung festgelegt und auch einen eigenen Priester ausgewählt: Abjatar. Dies war Davids dritte Salbung. Die erste hatte seinerzeit der Prophet Samuel vorgenommen, auf einer anderen Weide bei Bethlehem. Die zweite war hier gewesen, genau an diesem Fleck, als David zum König von Juda gekrönt worden war. Diesmal goss ein Priester von Juda eine Schale Olivenöl über Davids Kopf und erklärte ihn zum von Gott ernannten König über ganz Israel. So setzte er ein Zeichen für alle, dass dieser Mann der Gesalbte des Herrn war. Er würde auf seine Weise regieren, mit seinen eigenen Leuten in hohen Ämtern, und alle mussten gehorchen.

Abigail, die sich fröstelnd in ihren Wollmantel wickelte, war zu weit weg, um die Zeremonie hören zu können, aber sie beobachete, wie die Stämme nach vorn kamen, um vor dem König niederzufallen und ihm ihre Treue und Unterstützung zu versprechen. Abjatar selbst schlitzte den zwölf Ochsen für das rituelle Opfer die Kehle auf und entzündete die Feuer, um die Tiere als Dankopfer an Gott zu verbrennen. Bald stiegen von den Feuern weiße Rauchfinger zum grauen Himmel auf. Die Zeremonie ging allmählich ihrem Ende zu.

Die Frauen huschten vom Dach hinunter in die ofenbeheizten Zimmer. Nur Abigail blieb noch eine Weile oben stehen und beobachtete gedankenverloren, wie sich die Menge auflöste.

Nun war es soweit ... Israel hatte einen neuen König. Ihr Ehemann! David hatte einen weiten Weg zurückgelegt, seit er zum ersten Mal in ihr Leben getreten war.

Sie lächelte, als sie sich daran erinnerte, wie falsch doch ihr erster Eindruck von ihm gewesen war. Ein Wilder, hatte sie damals gedacht. Ein Gesetzloser, ein Geächteter, in offener Rebellion gegen den Gesalbten des Herrn. Jetzt ... jetzt verstand sie ihn so klar, wie nur jemand in Israel diesen rätselhaften jungen König verstehen konnte.

Er war von Gott als Teil der Verheißung an ihren Vorfahren Abraham auserwählt und vorbereitet worden. Das Volk, das Gott sich erwählt hatte, würde groß und mächtig werden, und alle Völker sollten dadurch gesegnet werden … David war ein wichtiger Teil dieser Verheißung, das wusste sie nun. Die Dynastie, die an diesem Tag eingesetzt worden war, sie erschien ihr beständig und sicher. Für wie lange? Solange David lebte? Solange seine Söhne lebten? Zwanzig Jahrhunderte? Oder … für immer?

Sie zuckte die Achseln. Dann drehte sie sich um und ging nach unten. Solche Dinge liegen in Gottes Hand, würde ihr Mann jetzt sagen. Wie recht er hatte! Es genügte, ein kleiner Teil in Gottes Plan zu sein.